cDv

DRESSLER

Jerry Spinelli

TAUBENJAGD

Deutsch von
Andreas Steinhöfel

Cecilie Dressler Verlag · Hamburg

Die Originalausgabe erschien bei
HarperCollinsChildren'sBooks, New York
unter dem Titel *Wringer*
Published by arrangement with HarperCollinsChildren'sBooks,
a division of HarperCollins Publishers, Inc., New York, NY
Aus dem Amerikanischen von Andreas Steinhöfel
Einband von Gesa Denecke
Gesamtherstellung: Clausen & Bosse, Leck
Printed in Germany 1998*
ISBN 3-7915-1977-8

Ich danke Steven und Silvia Hagopian, Tom Reeves und Laura DeSimone, die mich beim Schreiben dieser Geschichte unterstützt haben.

– J. S.

Für Jerry und Helen Weiss

WAYMER – Hunderte von Schützen aus dieser und den umliegenden ländlichen Gemeinden reinigen voller Vorfreude ihre Gewehre:

Am Samstag wird der 63. alljährliche Taubentag begangen. Der Startschuss fällt um acht Uhr morgens. Gegen eine zuvor entrichtete Gebühr haben die Teilnehmer dann die Gelegenheit, auf jeweils zehn bis zwanzig Tauben zu schießen, sobald diese aus ihren Käfigen freigelassen werden.

Am Ende des Tages werden die Schützen anhand eines Punktesystems bewertet, das dem Besten die begehrte Scharfschützen-Trophäe zuerkennt. Der Erlös des Taubentages wird dem Erhalt des städtischen Parks zufließen.

Nach Angaben der Organisatoren werden an die 5000 Tauben für das Ereignis benötigt. Einige werden bei ortsansässigen Züchtern erstanden, viele in städtischen Bahnhofsgebäuden und Rangierbahnhöfen mit Fallen gefangen.

Die Tauben werden in weiße Holzschachteln gesteckt. Jeder Schütze gibt eine Salve von Schüssen auf die Vögel ab, sobald die Schachteln mit Hilfe daran angebrachter Seile geöffnet werden.

Die wenigsten Vögel entgehen dem Abschuss. Die meisten werden auf der Stelle erlegt, einige bloß verwundet. Angeschossene Tauben werden von Jungen, den so genannten Halsumdrehern, gefangen, die den verwundeten Vögeln das Genick brechen und sie in Plastiktüten einsammeln. Die Körper werden zu Düngemittel verarbeitet. Nur wenigen Vögeln gelingt es zu entkommen.

Das Schießen findet inmitten eines jahrmarktähnlichen Treibens statt, zwischen Picknicks, gegrillten Hähnchen, Eiskrem und ausgelassen herumtollenden Kindern. Letztes Jahr zog das Ereignis viertausend Besucher an.

Der Taubentag ist der traditionelle Höhepunkt der Waymer-Woche, eines einwöchigen großen Volksfestes mit Karussells, Buden, Pasteten-Wettessen …

HALSUMDREHER

1

Er wollte es nicht sein.

Das war eines der ersten Dinge, die er über sich selbst erfahren hatte. Er wusste nicht, wann genau das gewesen war, doch es war lange her. War nicht nur lange her, sondern lag auch in ihm versteckt, tief in seinem Bauch, wie Hunger.

Nur war es anders als Hunger, anders und schlimmer. Weil es nicht aufhören wollte. Hunger überfiel ihn nur manchmal, kurz vor dem Mittagessen zum Beispiel oder bei langen Autofahrten. Dann, sobald er gestillt war, war er auch schon wieder verschwunden. Doch dieses andere Ding konnte man nicht stillen. Das heißt, man konnte, auf eine ganz bestimmte, aber auch ganz und gar undenkbare Art. Und deshalb war es immer da.

Die Wahrheit war, dass es immer da sein würde, dass er davor genauso wenig davonlaufen konnte wie vor sich selbst. Er konnte es bestenfalls vergessen.

Manchmal gelang ihm das, für ein paar Minuten, für ein paar Stunden, einen oder zwei Tage sogar. Aber dieses Ding mochte es nicht, vergessen zu werden. Und deshalb breitete es sich aus. Wie Luft, die aus einem kaputten Autoreifen entweicht, strömte es aus seinem Magen und war überall. Drinnen und draußen, oben und unten, bei Tag und bei Nacht, am Fußende seines Bettes, in der Schublade mit den Socken, auf den Stufen zur Veranda, auf den Lippen anderer Jungen, in einem aufgescheuchten Flattern aus einem Busch, dem er zu nahe gekommen war. Überall.

Nur um ihn zu erinnern.

Dieses Ding, dieses Gefühl, *es* nicht sein zu wollen – stürzte es ihn je von seinem Fahrrad? Löste es die Schnürsenkel seiner Turnschuhe? Beschimpfte es ihn? Stellte es sich ihm zum Kampf?

Nein. Es tat gar nichts. Es war einfach nur da, schlicht und ergreifend, ein Flüstern gefiederter Schwingen, das ihn an den einen, den gefürchtetsten aller Augenblicke erinnerte, wenn er, der kein Halsumdreher sein wollte, sich in einen verwandeln würde.

In seinen Träumen war dieser Augenblick längst eingetreten. In seinen Träumen blickt er an sich herab, auf seine Hände, die um den Hals einer Taube geschlossen sind. Das fühlt sich seidenweich an. Das Auge der Taube gleicht einem auf Hochglanz polierten Hemdenknopf. Das Auge der Taube ist orangefarben und in seinem Zentrum befindet sich ein schwarzer Punkt. Das Auge sieht zu ihm auf. Es zwinkert nicht. Es ist fast so, als wolle der Vogel zu ihm sprechen, aber das tut er nicht. Nur die Stimmen sprechen zu ihm: »Dreh ihn um! Dreh ihn um! Dreh ihn um!«

Er kann nicht. Er kann ihn nicht umdrehen, er kann ihn aber auch nicht loslassen. Er wünscht sich verzweifelt, es zu können, aber seine Finger sind in Stein verwandelt. Und die Stimmen singen: »Dreh ihn um! Dreh ihn um!«, und das orangefarbene Auge starrt ihn an.

Manchmal wünschte er sich, es würde ihm nachlaufen, ihn verfolgen, dieses Ding, das er nicht sein wollte. Dann könnte er wenigstens vor ihm davonrennen, sich verstecken. Doch das Ding bewegte sich nicht, niemals. Es wartete einfach ab. Wartete darauf, dass er zu ihm kam.

Und so würde es sein. Er würde zu ihm kommen, so todsicher, wie auf die Acht die Neun und auf die Neun die Zehn folgt. Er würde zu ihm kommen ohne in die Pedale zu treten oder zu rennen oder zu gehen oder überhaupt auch nur einen einzigen Muskel bewegen zu müssen. Er musste nur atmen und er würde ihm, mir nichts, dir nichts, in den Schoß plumpsen. Zu guter Letzt würde er dort ankommen, indem er einfach einen Tag älter wurde.

2

Seine Mutter rief. »Beeil dich, Palmer. Sie kommen.«

Es klingelte an der Tür.

»Palmer!«

Er hastete die Treppen hinab.

Seine Mutter trieb ihn an. »Geh, geh schon. Es ist *dein* Geburtstag. Es sind deine Gäste.«

Vor der Tür drehte er sich um, von der jähen Angst erfasst sie zu öffnen. Er wollte nicht enttäuscht werden. »Meinst du wirklich, dass sie es sind?«

Die Augen seiner Mutter verdrehten sich. »Nein, es ist meine Tante Millie. Nun mach schon auf.«

Er öffnete die Tür – und da waren sie! Bohne. Töle. Henry. Drei grinsende Gesichter. Drückten ihm verpackte Geschenke gegen die Brust. Stürmten unter Bohnes Geschrei an ihm vorbei ins Haus. »Wo gibt's was zu mampfen?«

Palmer stand auf der Türschwelle und kämpfte mit den Tränen. Es waren Tränen der Erleichterung und der Freude. Er hatte fest damit gerechnet, dass sie nicht kommen würden. Aber sie waren gekommen. Ob sie ihm heute wohl einen Spitznamen geben würden? Was für ein Name würde das sein? Aber das wäre zu viel verlangt. Dies hier war schon genug. Sie waren gekommen. Mit Geschenken! Sie mochten ihn. Er gehörte dazu. Endlich.

Die Geschenke unter den Armen, drückte er mit einem Fuß die Tür zu und folgte ihnen ins Esszimmer. Bohne tunkte einen Finger in die Schokoladenglasur der Geburtstagstorte. Mit der dramatischen Geste eines Schwertschluckers warf er den Kopf in den Nacken und versenkte den Finger tief in seinen Hals. Als er ihn wieder herauszog, war der Finger blitzsauber. Töle lachte meckernd und machte es ihm nach. Henry starrte Palmers Mutter an, die Bohne mit einem vernichtenden Blick bedachte.

Palmers Mutter konnte Bohne nicht ausstehen. Von Töle und Henry war sie auch nicht unbedingt begeistert, aber gegen Bohne hegte sie eine besondere Abneigung. »Der schleicht herum und macht nichts als Ärger«, hatte sie gesagt. »An dem ist irgendwas Gemeines.« Und sie hatte Recht. Aber Bohne war der Anführer aller Kinder aus der Straße, zumindest all derer unter zehn. So war es schon immer gewesen. Bohne war der Boss, so rechtmäßig und selbstverständlich wie jeder König, der jemals auf einem Thron gesessen hatte.

»Aber er ist der Boss«, hatte Palmer seiner Mutter zu erklären versucht.

»Du liebe Güte, der Boss«, hatte sie geschnarrt und ihn stehen lassen.

Es gab Dinge, die Mütter einfach nicht verstanden.

»Mach die Geschenke auf!«, bellte Bohne. Er schlug mit einem Löffel auf die Tischplatte. Töle tat es ihm gleich.

Palmer lud die Geschenke auf dem Tisch ab und sah sie sich zum ersten Mal richtig an. Sie waren lieblos in Zeitungspapier eingewickelt, das von schwarzen Klebstreifen zusammengehalten wurde. Kein Kräuselband, keine Schleifen, kein glänzendes, buntes Papier.

Er riss das erste auf. Es war eine braune, halb verfaulte Apfelkrotze. »Das ist von mir!«, rief Töle. »Gefällt's dir?« Und er heulte auf vor Lachen.

Palmer kicherte. »Es ist klasse. Danke.« Dieser Töle war schon ein echter Typ.

Die anderen Geschenke bestanden aus einem krustigen, löchrigen, ehemals weißen Socken von Henry und einem daumengroßen braunen Etwas von Bohne, das Palmer schließlich als einen alten Zigarrenstumpen identifizierte.

Silberne Bestecke tanzten, als Bohne und Töle lachend mit den Fäusten auf den Esstisch einschlugen.

Palmers Mutter, die Augen noch immer voller Verachtung, brachte weitere Geschenke. Sie waren in Glitzerpapier verpackt, hatten Kräuselband und Schleifen. »Mann«, sagte sie, »nach all den tollen Geschenken, die du schon gekriegt hast, fühl ich mich richtig mies dabei, dir diesen Müll anzudrehen.«

Palmer öffnete die Päckchen: ein Fußball, ein Buch, ein Paar Turnschuhe, ein Monopoly-Spiel.

»Danke, Mom«, sagte er. Es war zwecklos, mehr zu sagen, zwecklos zu sagen, ich mag ihre Geschenke genauso sehr wie deine, weil diese Geschenke für sich selber sprechen. Sie bedeuten etwas. Sie bedeuten: Wir sind zu dir gekommen. Wir haben dir einen Zigarrenstummel geschenkt. Du bist jetzt einer von uns.

Palmers Mutter entzündete die Kerzen auf dem Schokoladenkuchen mit der Schokoladenglasur, neun Stück. Sie stimmte »Zum Geburtstag viel Glück« an, doch ihre Stimme wurde rasch von denen der Jungen übertönt, die eher brüllten als sangen. Als sie bei der Zeile »Zum Geburtstag, lieber –« angekommen waren, warfen sie sich einen raschen Blick zu und krähten »– *Rotzie!* Zum Geburtstag viel Glück!«

Also hatten sie es doch getan. Sie hatten ihm einen Spitznamen gegeben. Rotzie. Er ließ seine Zunge wortlos den neuen Namen umspielen, seine Konturen abtasten.

Für einen kurzen Moment fragte er sich, ob er wohl die *Behandlung* bekommen würde, schob den Gedanken aber sofort wieder von sich. Er wollte nicht gierig sein. Dieser Tag hatte ihm bereits genug Segnungen beschert.

»Wünsch dir etwas«, sagte seine Mutter, »und blas die Kerzen aus.«

Er starrte den Kreis aus Kerzen an – neun gelbe Flammen, die wie eine schwere Flüssigkeit an ihren Dochten hingen – und plötzlich spürte er die alte Angst, die sich von seiner Schulter schwang und dabei mit einer Flügelspitze seine Wange berührte. Und genauso plötzlich war sie wieder verschwunden und Bohne krächzte: »He, wir haben nicht den ganzen Tag Zeit. Ich hab jedenfalls jede Menge Wünsche, falls dir keine einfallen.« Bohne beugte sich über den Tisch, holte tief Luft und blies.

Die Flammen verschwanden. Für eine Sekunde glühten die Spitzen der Dochte orangefarben, dann wurden sie schwarz.

Sollte Bohne pusten, Palmer war das egal. Nichts konnte das Kerzenlicht zum Erlöschen bringen, das er in seinem Inneren fühlte. Palmer LaRue – Rotzie –, der nagelneueste Neunjährige der Welt, war jetzt einer von den Jungs.

3

Eine richtige Geburtstagsfeier war nie geplant gewesen. »Nur Torte und Eiskrem«, hatte Palmers Mutter gesagt, »mehr nicht.« Sie wollte »diese kleinen Krawallmacher«, wie sie die Jungs nannte, nicht länger in ihrem Haus haben als unbedingt nötig.

Die Jungen ließen sich für Torte und Eiskrem so viel Zeit wie nur möglich. Bohne und Töle sprangen immer wieder von ihren Stühlen um herumzulaufen und sich auf den Möbeln herumzufläzen. Palmers Mutter scheuchte sie immer wieder an den Tisch zurück. »Ich schätze, ihr seid jetzt fertig«, sagte sie, ängstlich darauf bedacht, sie endlich zur Tür hinauszuscheuchen.

»Mehr Eis«, sagten sie.

Und dann musste Bohne ständig aufs Klo, wenigstens behauptete er das. Er lief dreimal nach oben, vermutlich um in Palmers Zimmer herumzuspionieren. Als er sich zum vierten Mal auf den Weg in Richtung Treppe machen wollte, hielt Palmers Mutter ihn beim Arm fest und verkündete: »Okay, Leute, die Party ist vorbei. Jetzt ab nach draußen und in die Sonne.«

Als die Jungs gingen, überraschte Henry Palmers Mutter damit, dass er sich bei ihr für die Feier bedankte. »Ja, danke, Mom«, rief Palmer über die Schulter.

Er nahm seinen neuen, schwarzweißen Fußball mit nach draußen. Bohne schnappte sich den Ball und dotzte ihn Töle auf den Kopf. Töle jaulte auf und schon wälzten sich die beiden miteinander ringend über den Gehsteig. Bohne und Töle rangen mehrmals täglich miteinander. Jede Rangelei dauerte ungefähr zwanzig Sekunden, danach beanspruchte jeder der beiden den Sieg für sich.

Der Ball sprang die Straße hinab und landete im Vorgarten eines Nachbarn. Die Vorgärten in Palmers Straße waren sehr klein, kaum größer als Handtücher. Das Gras war säuberlich getrimmt und nahezu jeder kleine Vorgarten war von Blumen umkränzt. Die meisten Häuser waren grau.

Henry lief dem Ball nach und schoss ihn zurück, die Straße hinauf. Henry sah komisch aus, wenn er rannte, er bestand dann nur aus Armen und Beinen. Er war mit Abstand der Größte der Gruppe.

Bohne sagte: »In welchem Haus wohnt das Fischgesicht?«

Palmer wollte nicht damit herausrücken, aber Bohne sah ihm direkt in die Augen. »Ich weiß nicht genau«, antwortete er.

»Du weißt es nicht genau?« Bohne grinste verächtlich. »Dann muss ich wohl rufen.« Er legte die Hände zu einem Trichter um den Mund und brüllte mit voller Lautstärke: »Fischgesicht! Fischgesicht! Fischgesicht!«

Palmer zeigte auf das Haus, das seinem eigenen direkt gegenüberlag. »In dem da.«

Bohne trat dicht vor das Haus und rief: »Fischgesicht! Fischgesicht!«

Palmer zuckte zusammen.

Niemand kam an die Tür, hinter den Gardinen war keine Bewegung auszumachen.

»Okay, Fischgesicht, du hast es nicht anders gewollt!« Bohne wandte sich Henry und Töle zu. »Wir hinterlassen ihr ein kleines Andenken.«

Sie sahen am Bordstein entlang.

»Der Gully!«, rief Töle. Die drei stürmten auf das Ende des Häuserblocks zu.

Fischgesicht war der Name, den Bohne Dorothy Gruzik gegeben hatte. Bohne und die anderen Jungs hassten Dorothy und stellten ihr nach, wann immer sie konnten. Palmer hatte nie verstanden, warum, aber jetzt gehörte er zu ihnen, jetzt würde er es vielleicht herausfinden. Vielleicht würde er jetzt endlich den Fisch in Dorothys Gesicht entdecken.

Palmers Mutter versuchte schon seit Jahren, ihn und Dorothy zu Freunden zu machen. Palmer hatte nie besonderen Wert darauf gelegt. Dorothy war ein Mädchen. Außerdem war sie ein ganzes Jahr jünger als er.

Die Jungs kamen mit einer gefüllten Plastiktüte vom Gully zurück. »Nur Schlamm und ein paar Hölzchen«, sagte Bohne betrübt. Er ging zu Dorothy Gruziks Haus und kippte die Tasche vor der Haustür aus. Sein Gesicht erhellte sich. »Vielleicht denken sie, es wäre Kacke!«

Er klingelte und schlug donnernd gegen die Tür, dann schossen sie alle davon. Es war das erste Mal, dass Palmer gemeinsam mit der Bande rannte. Die Erregung jagte ihm kleine Schauer den Rücken herab. Er brüllte und war als Erster um die nächste Ecke verschwunden.

4

Eine Weile bolzten sie den Ball herum, dann sagte Bohne: »Gehen wir in den Park.« Er kickte den Ball die Mitte der Straße hinunter.

»Wir können doch auch hier spielen«, sagte Palmer, aber die anderen stürmten bereits dem Ball nach.

Gehen wir in den Park.

Palmer hasste den Park. Er spielte dort nie, schwang nie auf der Schaukel, schlitterte nie die Rutschbahn hinunter, fütterte nie die Enten, sah nie den Softballspielern zu. Vor allen Dingen ging er nie zum Fußballfeld. Denn in einem Monat, genau vier Wochen nach seinem Geburtstag, würde das Fußballfeld sich, wie jedes Jahr, in einen Ort des Schreckens verwandeln.

Er ging los. Vier Blocks später war er im Park angekommen. Er hoffte, sie auf dem Softballfeld zu finden, wusste aber, dass sie nicht dort sein würden. Genauso wenig wie auf dem Baseballfeld, dem Basketballplatz oder dem Tennisplatz oder bei der Kanone aus dem Ersten Weltkrieg oder auf dem Spielplatz oder bei der Pfadfinderhütte oder auf dem Picknickgelände.

Erst hörte, dann sah er sie auf dem Fußballfeld, wo sie, wie junge Hunde auf einer Wiese, kläfften und herumtollten. Er hielt sich an die Seitenlinie, umrundete die Kreidemarkierungen an den Rändern des Feldes.

»Komm schon, Rotzie!«, riefen sie und kickten ihm den Ball zu.

»Ich kann nicht«, rief er zurück. Eine Lüge. »Hab eine Verletzung am Bein.« Zum Beweis warf er ihnen den Ball zurück. »Ich bleib einfach hier und schaue euch zu.«

Er hoffte, dass sie nicht sauer würden, wenn er sich nicht zu ihnen gesellte. Es gefiel ihm, ihnen dabei zuzusehen, wie sie mit seinem Geburtstagsgeschenk spielten. Jeder Tritt nach dem Ball versicherte ihm: *Wir spielen mit deinem Fußball. Wir mögen dich. Du gehörst zu uns.*

Er wünschte sich, es würde niemals aufhören.

Aber es änderte sich. Bohne machte ein paar Rückwärtsschritte, deutete auf Henry und brüllte: »Da ist eine!«

Henry begann einen Vogel zu imitieren, warf die Arme auf und ab und lief im Kreis herum. Bohne und Töle verwandelten ihre Arme in Gewehre und drückten die Abzüge: »Päng! Päng!« Henry schwankte, schlingerte, kippte, stolperte. Für Palmer sah der lange, ungelenke Henry überhaupt nicht wie ein Vogel aus, sondern glich eher einer Giraffe, nach deren Beinen zwei jaulende Hyänen schnappten. Nicht zum ersten Mal fiel Palmer auf, dass von den drei Jungen, die vor ihm über das Feld tollten, Henry sowohl der größte wie auch der sanftmütigste war, ein seltsamer Gegensatz. Palmer hatte den Eindruck, mehr als nur einem Spiel beizuwohnen, dass Henry nicht nur zur Bande gehörte, sondern gleichzeitig auch ihr Opfer war.

Nachdem er eine oder zwei Minuten lang leicht angeschrägt durch die Gegend gelaufen war, purzelte

Henry zu Boden. »Halsumdreher! Halsumdreher!«, schrie Bohne.

»Halsumdreher! Halsumdreher!«, schrie Töle.

Vier Hände schlossen sich um Henrys Hals, schüttelten seinen Kopf wie den einer Gliederpuppe und zerrten ihn mal in diese, dann in jene Richtung.

»Halsumdreher! Halsumdreher!«

Henrys Beine schlugen in alle Richtungen aus. Kreischendes Gelächter.

»Halsumdreher! Halsumdreher!«

Palmer versuchte nur diesen Augenblick zu sehen, aber es wollte ihm nicht gelingen. Wie durch einen Zeittunnel stürzte er fünf Jahre zurück, auf dasselbe Feld, zum ersten Sonntag im August, als das Gras sich rot gefärbt hatte, Gewehrschüsse donnerten und Vögel vom Himmel stürzten. Aus Baumwipfeln und aus den Wolken fielen sie zur Erde, schlugen auf dem Boden auf, wobei sich manche überschlugen. Und trotzdem lebten einige noch, kollerten wie betrunken durch das Gras, bis ein Halsumdreher sie ergriff und ihnen das Genick brach, und das war das.

Bohne und Töle waren sich inzwischen an die Gurgel gegangen, rollten, tollten, kullerten durch das Gras, während Henry, angeschlagen, aber wieder auf den Beinen, in ihr Lachen einstimmte und mit den andern beiden, johlend und den Fußball in Richtung Picknickgelände vor sich hertreibend, davonrannte.

Palmer wusste nicht, warum er überhaupt hier stand, allein am Rand des Fußballfelds, dem letzten Ort auf der

Welt, an dem er sein wollte. Als die Stimmen seiner neuen Freunde erstarben, wurde er sich der Stille bewusst. Er sah nach oben. Nichts segelte über den Himmel. Nichts rief nach ihm aus den Bäumen. Für einen kurzen Moment verharrte eine Libelle vor seinen Augen wie ein kleiner Hubschrauber, dann schoss sie davon. Das war alles. Ruhe und Stille.

Er rannte los.

5

Auf dem Spielplatz holte er sie ein. Sie sausten, mit dem Kopf voran, die Rutschbahn hinunter – aufeinander getürmt, alle drei.

»Komm rüber, Rotzie, wir machen das zu viert«, rief Bohne.

Schon als sie ihn zum ersten Mal zum Spielplatz mitgenommen hatte, vor langer Zeit, hatte Palmers Mutter ihn hinsichtlich der Rutschbahn ermahnt. Halte dich am Geländer fest, wenn du die Leiter raufgehst. Keine Türme bilden. Nie mit dem Kopf voran rutschen. Aber jetzt war alles anders. Er war nicht mit seiner Mutter hier, sondern mit den Jungs. Seinen Jungs.

»Mach schon, Rotzie.«

Er kletterte mit ihnen die Leiter hinauf. Als sie sich aufeinander türmten, fand er sich zuunterst wieder. Er konnte kaum atmen. Er fühlte die Gürtelschnalle gegen seinen Bauch drücken. Er roch den Zinngeruch der Rutsche. Und schon ging es abwärts. Und während der zwei Sekunden dauernden Rutschpartie empfand Palmer mehr als nur das herrliche Gefühl des Schlitterns. Er fühlte, wie seine Freunde auf ihm ritten, sich an ihn klammerten, sich ihm anvertrauten. Selbst wenn die Rutschpartie einen Kilometer lang gewesen wäre, hätte er das Gewicht der Jungs begeistert getragen. Und dann kullerten sie auch schon von der Rutsche, wie Kartoffeln, die aus dem Sack ausgeschüttet werden.

Wieder und wieder rutschten sie hinunter und wechselten sich dabei als Turmträger ab. Als die Reihe zum ersten Mal an Bohne war, klammerte der sich auf halber Strecke am Geländer fest, so dass die anderen kopfüber von der Rutsche purzelten.

Bei den Schaukeln stand eine Frau und rief: »Hey, keine Türme, Kinder!«

Bei der nächsten Runde hielt Bohne sich die Nase zu und quäkte: »Hey, da kommt dein Alter!« Töle und Henry machten es ihm nach. Und schließlich quäkte auch Palmer es der Frau entgegen, presste es mit zugehaltener Nase hervor – »Hey, da kommt dein Alter!« –, unmittelbar bevor das Kichern einsetzte und er vergaß, dass er den Park eigentlich hasste.

Plötzlich hob Bohne auf der obersten Stufe der Leiter den Arm. »Seht mal.«

Alle folgten mit dem Blick seinem ausgestreckten Finger. Er zeigte auf einen Jungen, der sich gegen die Reckstangen lehnte, einen großen Jungen, der auf einer dünnen Salami herumkaute.

Töle keuchte. »Farquar.«

Es war tatsächlich Farquar. Der legendäre Halsumdreher. Der coolste, am meisten gefürchtete Junge der Stadt.

Warum starrte er eine Gruppe von Neunjährigen an?

Bohne rief Farquar zu: »Es ist hier drüben.« Er zeigte auf Palmer. »Das Geburtstagskind.«

Plötzlich verstand Palmer. Farquar wusste, dass er Geburtstag hatte. Jetzt würde ihm die größte aller Ehren zuteil werden, der härteste Test. Die *Behandlung*.

Farquar marschierte los. Sie folgten ihm.

Niemand verabreichte die *Behandlung* so gut wie Farquar. Palmer kannte einen Jungen, der danach den Arm eine Woche lang in einer Schlinge hatte tragen müssen. Und doch war Farquar völlig unberechenbar. Manche Jungen wurden an ihrem Geburtstag schlicht und ergreifend von ihm übergangen, er lief auf der Straße an ihnen vorüber, als wären sie Hundehaufen. Dann wiederum wusste man, dass er den Weg durch die halbe Stadt auf sich nahm, um an irgendeine Tür zu klopfen und mit zuckersüßer Stimme zu einer verdutzten Mutter zu sagen: »Ich hab gehört, dass hier jemand Geburtstag hat.«

Manche Jungen verwandelten sich in zitternde Nervenbündel. Sie hielten ihren Geburtstag so geheim wie nur möglich. Wenn in der Schule der Lehrer verkündete, dass sie Geburtstag hätten, wiegelten sie ab und behaupteten, er hätte sich im Datum vertan. Sie weigerten sich ihren Geburtstag zu feiern. Sie schlossen sich einen

Monat lang zu Hause ein, nur um Farquar nicht über den Weg zu laufen.

Aber es gab da auch eine andere Seite. Da war die Ehre. Da war der Respekt, mit dem du von den anderen Jungen behandelt wurdest, dieselbe Art von Respekt, wie sie Soldaten gezollt wird, die einen harten Kampf überlebt haben. Da war der Stolz, den du bei dem Gedanken daran empfandest, eine Prüfung bestanden zu haben, wie sie gefürchteter und schmerzvoller alle Lehrer zusammen dir nicht auferlegen konnten.

Farquar führte sie zu der Kanone aus dem Ersten Weltkrieg. Die Kanone stand auf einem kleinen, grasbewachsenen Hügel, der den Park überragte.

Farquar ging auf Palmer zu. Mit einer Fingerspitze schob er sich den letzten Rest der Salami in den Mund. »Links oder rechts?«, sagte er.

Palmer hatte nicht gewusst, dass er die Wahl haben würde.

»Links. Nein, rechts.«

»Entscheide dich.«

»Links.«

»Dann also links«, sagte Farquar.

Farquar rollte Palmers linken Hemdärmel bis zur Schulter auf, sodass der ganze Arm freilag. Farquar untersuchte den Arm für lange Zeit, drückte ihn, betastete ihn, wie ein Arzt. Schließlich sagte er zu Bohne: »Leg deinen Finger genau ... hier drauf. Nicht wegnehmen, bis ich es sage.«

Palmer spürte Bohnes Fingerspitze auf seinem Arm,

auf einer knochigen Stelle irgendwo zwischen Schulter und Ellbogen.

Farquar spuckte sich auf die Fingerspitze, drückte sie in den Staub und schmierte mit dem so entstandenen Dreck – »Weg da jetzt« – ein Zeichen auf Palmers Arm, an die Stelle, auf der eben noch Bohnes Finger gelegen hatte.

Man munkelte, dass dies der Moment war, in dem einige Jungs sich in die Hosen machten.

»Augenbinde?«, sagte Farquar.

Palmers Blick glitt über den friedlichen Park: Menschen, die spielten oder spazieren gingen, die Bäume, Kindergeschrei. »Nein«, sagte er, aber über seine Lippen kam kein Wort. Seine Kehle hatte sich in Sand verwandelt. Er räusperte sich, schluckte und versuchte es erneut. »Nein.«

»Okay«, sagte Farquar. »Nicht bewegen.«

Und nicht hinsehen, dachte Palmer. Das hatte er auf der Straße immer wieder gehört: *Wenn du jemals die* Behandlung *kriegst, sieh nicht hin.*

Farquar hatte die Hand zur Faust geballt und den Knöchel seines Mittelfingers vorgestreckt. Der war jetzt hart wie eine Axt und scharf wie ein Speer. Schlimm genug, dass man es zu spüren bekam. Mach es nicht schlimmer, indem du auch noch hinsiehst.

Farquar baute sich links von Palmer auf. Er trat einen Schritt zurück, spreizte die Beine, suchte mit beiden Füßen festen Halt. Er ging in die Hocke, machte sich kleiner. Palmer streifte der Geruch der Salami.

Bohne und Töle standen direkt vor ihm, ein Grinsen auf den Gesichtern, als warteten sie darauf, dass jemand ihm brennende Streichhölzer in die Schuhe steckte. Palmer wünschte sich, er hätte um eine Augenbinde gebeten. Henry stand beiseite. Palmer warf ihm einen raschen Blick zu und bereute es sofort. Henry grinste nicht. Seine Augen waren so weit geöffnet wie die Schlinge eines Henkerknotens.

Palmer wandte den Blick ab und bemerkte, dass Bohnes Grinsen noch breiter geworden war. Bohne hatte die unvorstellbarsten Zähne, die Palmer je untergekommen waren. Bohne legte jeden Eid ab, dass er sie, seitdem sie seine Milchzähne ersetzt hatten, noch nie geputzt hatte. Im Lauf der Zeit hatte Palmer jede erdenkliche Farbe auf Bohnes Zähnen gesehen. Hauptsächlich bestand die Farbe aus einem gelblichen Braun mit grünen Rändern.

Bohne und Töle brüllten »Eins!«, als der erste Schlag landete, und im selben Moment verstand Palmer, warum Farquar ein Genie war. Er verstand, dass Farquar aus irgendeinem Grund seinen Körper besser kannte, als er selbst es tat, dass kein Anlass bestand, sich wie ein Baseballwerfer zurückzubeugen und mit der ganzen Faust zuzuschlagen. Dass, wenn erst der perfekte Punkt gefunden war, die aus einer Entfernung von bloßen zwanzig Zentimetern heranjagende Spitze eines Knöchels völlig ausreichte – ausreichte, um Palmers gesamten Körper durch das Höllenloch mit sich zu reißen, das sich in seinem linken Arm aufgetan hatte.

Aber Palmer entfuhr kein Laut. *Nicht schreien,* hatten

sie auf der Straße immer gesagt. *Wenn du schreist, kriegst du einen extra.*

»Zwei!«

Tränen schossen in Palmers Augen, sie verschlierten das Grinsen auf Bohnes und Töles Gesichtern. *Nicht weinen,* hatten sie auf der Straße gesagt, *sonst kriegst du zwei extra.*

»Drei!«

Palmer biss sich auf die Lippen und schrie in seinem Kopf, zertrümmerte Stühle und warf sich gegen die Mauern seines Schädels: Aufhören! Aufhören! Aufhören! Aufhören!

»Vier!«

Er lässt sich Zeit. Du willst, dass es so schnell wie möglich vorbei ist, aber er macht es ganz langsam.

Henry hatte sich abgewandt.

»Fünf!«

MAMMAAAAAAAAAAAA!

»Sechs!«

»Sieben!«

»Acht!«

»Neun!«

6

Was ist denn mit deinem Arm passiert?«

Palmers Mutter zog seinen Hemdärmel hoch und stellte eine Frage, die Palmer nicht beantworten wollte.

»Ich hab dich gefragt, was passiert ist.«

»Die *Behandlung*«, sagte sein Vater, der gerade das Zimmer betrat. Er zauste Palmer durch die Haare. »Stimmt's, mein Großer?«

Palmer nickte. Selbst diese kleine Kopfbewegung jagte den Schmerz durch seinen Arm. »Stimmt.«

Sein Vater untersuchte die Stelle. Ein leiser Pfiff, ein ernstes Nicken. »Neun richtig Feste, oder?«

»Stimmt.« Palmer drückte den Rücken durch. Er fühlte sich, als hätte sein Vater ihm soeben eine Medaille an die Brust geheftet.

Doch die Stimme seiner Mutter klang angespannt. »Worüber redet ihr da? Was für eine Behandlung?«

Sein Dad nahm ihm das Sprechen ab. »Das hat hier Tradition. An deinem Geburtstag bekommst du für jedes Lebensjahr einen Schlag mit dem Knöchel verpasst. Hab ich mehr als einmal hinter mich gebracht.«

Sie machte ein verächtliches Gesicht. »Was nicht heißt, dass er es auch hinter sich bringen muss.« Sie schob noch einmal den Ärmel hoch. »Sieh dir das an. Sieh es dir an.«

»Ein blauer Fleck«, sagte sein Vater ruhig. »Der verschwindet auch wieder. Es geht ihm gut. Stimmt's?«

Ging es ihm gut? Seinem Arm ging es überhaupt nicht gut. Der brachte ihn um. Aber ansonsten ... »Gib ihm einen extra!«, hatten Bohne und Töle geschrien. »Er heult!« Aber Farquar hatte gesagt, nein, das wären bloß Tränen, die würden jedem in die Augen treten. Und vorsichtig, fast anmutig, hatte er Palmers Ärmel über der Wunde herabgerollt und »Herzlichen Glückwunsch zum Geburtstag, Kleiner« gesagt und war davongegangen, und in diesem Augenblick hatte Palmer Farquar geliebt.

Ging es ihm gut?

»Klar«, sagte er und gab ein kleines Kichern von sich, um es zu beweisen.

»Also«, sagte seine Mutter irgendwo in den Raum hinein, »*mir* geht es jedenfalls nicht gut. Diese Krawallbrüder waren zu seiner Geburtstagsfeier eingeladen.«

»Bohne?«, sagte sein Vater.

Palmer war froh etwas sagen zu können. »Ja, Bohne war hier. Und Töle und Henry.«

Sein Vater nickte langsam. »Ist ein ganz schönes Früchtchen, dieser Bohne.«

»Krawallbrüder«, fuhr seine Mutter fort. »Dabei mögen sie Palmer nicht mal richtig. Sie haben ihn immer links liegen lassen. Sie haben nie mit ihm gespielt.«

»Aber jetzt tun sie es«, protestierte Palmer. »Sie haben nur gewartet, bis ich neun geworden bin.«

Seine Mutter beachtete ihn nicht. »Die lädt er ein, aber an Dorothy Gruzik denkt er überhaupt nicht.« Jetzt nahm sie ihn ins Visier. »Warum hast du Dorothy nicht eingeladen?«

»Weil sie ein Mädchen ist.«

»Sie wohnt direkt nebenan. Sie ist eine deiner besten Freundinnen.«

Palmer lachte laut auf. Manchmal versuchte seine Mutter etwas als Wahrheit auszugeben, indem sie es einfach behauptete. »Ist sie nicht«, sagte er unverblümt. »Wenn sie nicht nebenan wohnte, würde ich sie wahrscheinlich gar nicht kennen.«

»Sie lädt dich immer zu ihrem Geburtstag ein.«

Palmer hatte die Nase voll. Warum musste sie auf den Kriegspfad gehen, wo doch gerade sein ganzes Leben so wunderbar war? »Sie hat ein Fischgesicht!«, stieß er hervor.

Sein Vater lachte. Die Augen seiner Mutter weiteten sich, dann wechselte sie das Thema. »Und dieser Spitzname«, sagte sie zu seinem Vater. »Du hättest den Spitznamen hören sollen, den sie ihm zum neunten Geburtstag geschenkt haben, diese Krawallbrüder.« Sie schüttelte Palmer bei der Schulter. »Sag ihn deinem Dad.«

»Rotzie«, sagte Palmer. Der Name klang schon so vertraut wie sein eigener.

»Rotzie?«, echote sein Vater.

»Und das soll ein Spitzname sein!«, sagte seine Mutter. »Wo kommt der her?«

Palmer zuckte die Achseln. Tatsächlich hatte er keine Ahnung. Bohne dachte sich die Namen aus. Dessen eigener Spitzname entstammte vermutlich seiner Vorliebe für gebackene, kalte Bohnen aus der Büchse, mit denen er sich zu jeder Tages- und Nachtzeit voll stopfte. Töle? Ein Rätsel. Soweit Palmer wusste, hatte Töle mit Hunden nichts zu tun. Und Henry ... das klang schon eher wie ein echter Name, aber Palmer konnte sich nicht vorstellen, dass Bohne irgendjemandem seinen richtigen Namen ließ, also musste auch Henry in Wirklichkeit anders heißen.

Als ihr klar wurde, dass sie von Palmer keine Antwort erwarten konnte, stapfte seine Mutter unter leisem Schimpfen davon. »Früher hatte er mehr gesunden Menschenverstand.«

»Tja, Rotzie«, sagte sein Vater, »tut mir Leid, dass ich es nicht zur großen Party geschafft habe. Aber ich hab hier ein Geschenk für dich – falls du noch eines verkraften kannst.« Er holte ein in Geschenkpapier geschlagenes Päckchen aus dem Geschirrschrank im Esszimmer.

Palmer riss das Papier ab und enthüllte einen alten, zerdrückten Schuhkarton. Er keuchte. Er wusste, was ihn erwartete, aber er wollte es einfach nicht glauben. Er nahm den Deckel ab. »Deine Soldaten!«

»Jetzt gehören sie dir«, sagte sein Vater.

Es waren siebenundzwanzig Spielzeugsoldaten. Sie waren aus Blei gegossen, das hier und dort matt unter der grünen Farbe hindurchschimmerte, fünf Zentimeter groß und sehr alt. Die Helme waren flach wie Suppenterrinen. Sie hatten Palmers Urgroßvater gehört, dann seinem Großvater, schließlich seinem Vater. Palmer hatte schon oft mit ihnen gespielt, aber nur, wenn sein Dad es ihm erlaubt hatte. Jedes Mal hatte er sie für die kostbarsten Gegenstände gehalten, die das Haus beherbergte. Sein Dad hatte sie in dem Schuhkarton aufbewahrt, hinter einem Koffer im hintersten Winkel der Garderobe.

»Das heißt«, fügte sein Vater hinzu, »wenn du versprichst, gut auf sie aufzupassen und sie eines Tages an deinen eigenen Sohn weiterzugeben.«

Palmer brachte nur ein bewunderndes Nicken zustande. »Darf ich sie in mein Zimmer mitnehmen?«

»Klar.«

Am Abend überlegte sich Palmer, wo in seinem Zimmer er die Soldaten verstecken sollte. Er entschied sich für das oberste Regalfach in seinem Kleiderschrank, an das er selbst nur mit Hilfe eines Stuhls gelangen konnte. Er musste den Stuhl davor stellen und mit der rechten Hand so hoch wie möglich reichen. Sein linker Arm war nutzlos. Die Fingerspitzen prickelten. Beim Abendessen hatte er ihn einfach neben sich auf den Tisch fallen und dort ruhen lassen. Seine Mutter hatte den Arm ununterbrochen wütend angestarrt.

Manchmal fühlte sein Arm sich taub an, als wäre er eingeschlafen. Die meiste Zeit aber tat er nur weh. Er fand heraus, dass ihm die Schmerzen weniger ausmachten, wenn er seine Gedanken in eine andere Richtung lenkte. Er las ein Buch, sah fern, begutachtete seine Geschenke, ließ den Tag Revue passieren.

Was für ein Tag!

Neuer Geburtstag. Neue Freunde. Neue Gefühle der Erregung, des Stolzes, des Dazugehörens. Seine Mutter hatte Unrecht. Er hatte eine Menge durchmachen müssen, das war alles. Der Kleinste und der Jüngste zu sein. Und sein ungewöhnlicher Vorname hatte mehr als nur einmal Anlass zu Spott gegeben. Doch all das war jetzt vorbei. Er ließ sich auf sein Bett zurückplumpsen und grinste die Zimmerdecke an. Das Leben meinte es gut mit ihm.

Als er sich an diesem Abend die Zähne putzte, betrachtete Palmer sein Gesicht im Spiegel und brach plötzlich in Tränen aus. Er weinte so heftig, dass er sich die Zähne nicht fertig putzen konnte. Erschreckt und aufgebracht darüber, dass dieser perfekte Tag ein so unerwartetes Ende nahm, stürmte er in sein Zimmer. Er warf sich auf sein Bett und verbarg das Gesicht in den Kissen.

Er nahm gar nicht richtig wahr, wie er das Deckenlicht ausknipste und dafür das Nachtlicht anmachte. Er bekam nicht mit, wann er zu weinen aufhörte. Während er schlief, hallte eine Stimme durch den langen, dunklen Lauf einer Kanone: *Dir sind die Geburtstage ausgegangen.* Am Morgen erwachte er, von einem Moment auf den anderen, vom Flattern gefiederter Schwingen.

7

Die folgenden Wochen kamen Palmer wie eine große Parade vor, die er selbst als Zeremonienmeister anführte. Er hatte das Gefühl eine breite, prächtige Straße hinabzumarschieren, die von ihm zujubelnden Menschen gesäumt war.

Rufe wie »Hey, Palmer!« und »Hey, Rotzie!« segelten durch die Sommertage. Aus den Blocks im nahen Umkreis kamen kleine Kinder, um sich den blauen Fleck an seinem Arm anzusehen. Sie versammelten sich um ihn, vier oder fünf zugleich. Dann krempelte er den Ärmel auf und sie keuchten und machten »Wow!«. Ein paar von ihnen streckten die Hand aus um ihn zu berühren. Die weniger hart Gesottenen unter ihnen zogen die Hand sofort wieder zurück, als hätten sie auf eine heiße Herdplatte gefasst, und sie quiekten dabei und erschauerten.

Die größeren Kinder berührten ihn nicht. Sie schauten sich den blauen Fleck bloß an und nickten, im grimmigen Wissen um ihre eigene *Behandlung*, und dann schwoll Palmer vor Stolz das Herz.

Nach drei Tagen konnte er den linken Arm bis auf Nasenhöhe heben. Nach einer Woche schaffte er es bis über den Kopf. Es tat ihm beinahe Leid, dass der Arm heilte. Er genoss es, vor den kleinen Kindern damit anzugeben: »Seht mal, ich kann den Arm nicht höher heben als so.« Er genoss die Bewunderung, die ihm aus ihren Augen entgegenleuchtete.

Er wünschte sich, der Fleck würde niemals verschwinden. Er wünschte sich, sie das Prickeln in seinen Fingerspitzen spüren lassen zu können. Einmal färbte er den blasser werdenden Fleck mit einem violetten Buntstift nach.

Eine Person fehlte bei der von ihm ersonnenen, die

Prachtstraße hinabführenden Parade: Dorothy Gruzik. Und aus irgendeinem Grund machte das Palmer zu schaffen. Mehrere Male sah er sie auf dem Gehsteig vor ihrem Haus Himmel und Hölle spielen. Genau wie Palmer war sie sich selbst ein guter Spielkamerad. Natürlich hatte Palmer jetzt Kumpel, sodass er nie wieder mit sich allein spielen musste, wenn ihm nicht danach war. Er fragte sich, ob Mädchen, genau wie Jungen, ebenfalls Banden gründeten.

Die ersten paar Male sah Dorothy, wenn Palmer an ihr vorbeiging, von ihrem Himmel-und-Hölle-Gehüpfe gar nicht zu ihm auf. Das war ungewöhnlich. Normalerweise hatte Dorothy ihn immer gegrüßt.

Also tat Palmer es beim nächsten Mal. »Hi.«

Dorothy sprang einfach weiter, auf einem Fuß, ihr brauner Pferdeschwanz hüpfte dabei auf und ab.

Sie ist sauer, weil ich sie nicht zu meinem Geburtstag eingeladen habe, dachte Palmer. Was verständlich war, aber die Sache nicht ganz traf. Was die Sache traf, war, dass er ihr unbedingt seinen blauen Fleck vorführen wollte, und je weniger sie sich dazu bereit zeigte, umso drängender wurde in Palmer der Wunsch danach.

Schließlich krempelte er sich den linken Hemdärmel bis zur Schulter hoch und setzte sich auf die Treppe vor ihrem Haus. Sie spielte einfach weiter, warf ein grünes Bohnensäckchen auf das Kreidegitter und beachtete ihn gar nicht.

Endlich fiel ihm etwas Witziges ein. »Wer gewinnt denn?«

Sie gab keine Antwort. Sie warf das Bohnensäckchen in das am weitesten entfernte Gitterquadrat, sprang hin und wieder zurück. Dann warf sie das Säckchen erneut, und als es ihm gerade so vorkam, als würde sie nie wieder mit ihm reden, sagte sie: »Vielen Dank für die Einladung zu deinem Geburtstag.«

Das ergab zwar keinen Sinn, aber Palmer freute sich, ihre Stimme zu hören. »Es waren alles nur Jungen«, sagte er.

»Gut«, sagte sie mit einem verächtlichen Schniefen. Manchmal wunderte es ihn, wie dieses Mädchen, das eben erst die dritte Klasse hinter sich gebracht hatte, es schaffte, dass er sich so klein vorkam.

Sie hüpfte weiter.

»Weißt du schon meinen neuen Namen?«, sagte er.

Sie gab keine Antwort und schaute auch nicht auf.

»Er heißt Rotzie.«

Ein kurzes, schnaubendes Kichern drang aus ihrer Nase, dann wurde ihr Gesicht wieder zu Stein.

Er drehte sich zur Seite, sodass sie seinen linken Arm auf jeden Fall sehen musste.

»Ich hab auch die *Behandlung* gekriegt.«

Sie hüpfte weiter.

»Ich konnte meinen Arm drei Tage lang nur bis so hoch heben.«

Sie würdigte ihn keines Blickes.

»Willst du den blauen Fleck sehen?«

Ihre Augen blieben unverwandt auf das grüne Bohnensäckchen gerichtet.

Er stand auf. Er lächelte. »Willst du ihn mal anfassen?«

Es war, als existierte er überhaupt nicht.

Also lief er davon und fand andere Kinder, die seinen blauen Fleck bewunderten. Er spielte mit den Jungs, und wenn sie jetzt loszogen um Dorothy zu ärgern, fühlte er sich nicht mehr so mies wie zuvor. Sie riefen ihr »Fischgesicht!« nach und machten sich über ihren Namen lustig und kickten das Bohnensäckchen über das Kreidegitter. Palmer hielt sich im Hintergrund, ein gerissenes Grinsen im Gesicht. *Das hast du jetzt davon, Dorothy Gruzik.*

Gleichzeitig brachte sie ihn ganz durcheinander. Sie erstaunte ihn. Kein einziges Mal sah sie ihren Peinigern in die Augen und sie beschimpfte sie auch nie zurück. Sie versteckte sich nicht in ihrem Haus. Sie weinte nicht. Was für ein Mädchen war das bloß? Sie spielte einfach weiter Himmel und Hölle, als wäre sie der einzige Mensch auf der Welt.

Nach einer Weile verlor Bohne den Spaß an der Sache und die Bande trollte sich.

Drei Wochen nach der *Behandlung* war die Parade für Palmer zu Ende. Sein blauer Fleck war zu einem schwach gelben Fleckchen geschrumpft und die Bewunderer blieben aus. Aber etwas war geblieben. Palmer wusste, was es war. Es war die ganze Zeit in seiner Nähe gewesen, hatte sich still verhalten, kaum wahrnehmbar in der Menge der Bewunderer – das seltene Aufleuchten einer schwarzen Feder, ein orangefarbenes, abwartendes Auge.

Während er seinen schwarzweißen Fußball durch die Straßen kickte, spürte er es in dunklen Hauseingängen und hinter abgedunkelten Fenstern lauern. Er sah nicht hin. Er fühlte es aus den Schatten heraustreten, und die wärmenden Sonnenstrahlen, die auf seinem Nacken lagen, verwandelten sich in Frost. Es war ganz dicht hinter ihm. Er hob seinen Ball auf und rannte davon.

Nur der Zeit konnte er nicht davonlaufen. Die erste Augustwoche brach an.

Die Waymer-Woche begann.

8

Die Waymer-Woche.

Ein so netter Name. Und es war auch eine nette Angelegenheit. Eine Woche voller Wettkämpfe und Ballspiele und Wettrennen und Kettenkarussell und Autoskooter und Musik und Barbecue und Zuckerwatte.

Und Taubenschießen.

Wenn das Volksfest doch bloß freitags enden würde, hatte Palmer sich oft gewünscht. Aber das tat es nicht. Es begann am Montag und es endete am Samstag. Und dieser Samstag, der erste Samstag im August, ein Monat nach seinem Geburtstag, war der schrecklichste Tag des ganzen Jahres. Der Taubentag.

In der ihm vorausgehenden Nacht konnte man Lastwagen durch die Straßen rumpeln hören, auf denen hölzerne Verschläge vom alten Bahnhof zum Fußballfeld transportiert wurden. In den Verschlägen befanden sich Tauben. Fünftausend Stück.

Nur an diesem speziellen Tag hatte Palmer überhaupt jemals Tauben in der Stadt gesehen. Manche von ihnen, so wurde erzählt, wurden auf den Rangierbahnhöfen der großen, hundert Meilen ostwärts gelegenen Stadt eingefangen. Alle übrigen wurden gekauft, man bezahlte dafür. Warum jemand eine Taube kaufen sollte, um sie anschließend zu erschießen, war nur eine von vielen verwirrenden Fragen, die sich Palmer angesichts des Taubentags stellte.

Palmer hatte seinen ersten Taubentag erlebt, als er vier Jahre alt gewesen war. Es gab Augenblicke, an die er sich selbst jetzt, fünf Jahre später, noch deutlich erinnerte. Die Vögel am Himmel, plötzlich nicht mehr am Himmel, da waren nur noch herabstiebende Federn. Die roten Finger und Lippen eines Mannes, der laut aufjubelte und dabei kleine Fleischfetzen eines Brathähnchens ausspuckte. Ein Mann, der eine neonhelle, rosafarbene Baseballkappe trug. Der Geruch von Pulverdampf.

Und vor allem die Taube, diese eine Taube, die mit Schlagseite – Schlagerseite, hatte Palmer damals gesagt – eilig über das Gras humpelte, als wäre ihr ein Fuß unter dem Körper fortgerissen worden, die rannte, humpelte, täppische Kreise schlug, sich zur Seite neigte wie ein gekentertes Segelboot, von einem Jungen verfolgt, der lief und nach ihr griff, ein lachender Junge inmitten einer lachenden Menschenmenge, von dem der kleine Palmer dachte: *Der will sie als Schmusetier mit nach Hause nehmen.* Und dann kam die Taube auf ihn zu, kippte zur Seite, richtete sich wieder auf, humpelte direkt auf die Leute zu, der Kopf ruckte auf und ab, die Schlagseite zwang sie zu einem halbrunden Kurs, und die Menschen kreischten und lachten und riefen »Halsumdreher, Halsumdreher!«, und der Junge blieb ihr dicht auf den Fersen, und natürlich erwischte der Junge sie auch, griff nach der humpelpumpeligen Taube, unmittelbar vor Palmer. Und das Taubenauge starrte Palmer an, und das Taubenauge war orangefarben, und alle applaudierten, und Palmer klatschte ebenfalls in die Hände und lachte und rief »Gut gemacht!«, und die Hände des Jungen schlossen sich um den Hals der Taube und drehten sich sehr schnell gegeneinander – ungefähr *so* –, und Palmer vernahm ein winziges Geräusch, als hätte jemand auf einen dürren Zweig getreten, und als der Junge eine Hand fortnahm, hing der Kopf der Taube herunter, dem Gras entgegen, hing so traurig herunter, obwohl das Taubenauge noch immer weit und rund und orangefarben war.

Palmer hatte sich zu seiner Mutter und seinem Vater umgedreht und gefragt »Warum hat er das gemacht?«, und seine Mutter hatte gesagt: »Um die Taube von ihrem Elend zu erlösen.«

»Ging es der Taube denn schlecht?«, fragte Palmer seine Mutter.

»Ja«, sagte sie.

»Warum?«, sagte Palmer.

Seine Mutter gab keine Antwort. Sie sah hinauf in den Himmel.

»Weil sie Schlagerseite hatte?«

Sie lächelte ein dünnes Lächeln. Sie nickte. »Ja.«

»Der Junge wollte sie gar nicht als Haustier haben, oder?«

Seine Mutter sah noch immer in den Himmel, gab noch immer keine Antwort. Jetzt bemerkte Palmer den grauen, sauren, auf der Luft liegenden Geruch. Plötzlich ergriff seine Mutter ihn bei der Hand und zog ihn mit sich fort. Als sie sich durch die Menge drängten, vorbei an Menschen mit glücklichen Gesichtern, durch das begeisterte Geschrei und Gelächter und die mit Grillsoße beschmierten roten Finger, hatte Palmer das Gefühl gehabt, eine Party zu verlassen.

Den Jungen, so erfuhr Palmer später, nannte man Halsumdreher. Seine Aufgabe war es, die verwundeten Tauben von ihrem Elend zu erlösen.

In den folgenden Jahren hatte Palmer oft darüber nachgedacht. Er fragte sich, warum Tauben von einem Elend erlöst werden mussten, in das man sie kurz zuvor erst absichtlich hineingeschossen hatte. Warum ließ man sie nicht einfach alle davonfliegen?

Palmers Mutter wusste auf diese Fragen keine Antwort, also dachte Palmer weiter darüber nach und kam zu dem Schluss, dass es allen Tauben schlecht ging, ob sie nun verletzt waren oder nicht, und dass sie deshalb abgeschossen werden mussten. Und vielleicht wussten das sogar die Tauben selbst. Vielleicht versuchten sie gar nicht davonzufliegen, sobald die Holzschachteln sich geöffnet hatten und sie sich in den Himmel über dem Fußballplatz erhoben. Sie versuchten lediglich, den Schützen ein gutes Ziel abzugeben, sie sagten: »Hier sind wir, erlöst uns von unserem Elend.«

Wie traurig, das Dasein einer Taube. Und was für nette Menschen, deren Hilfsbereitschaft keine Grenzen kannte. Sie würden schießen und Hälse umdrehen – und Palmer stellte sich vor, sie würden auch boxen, Handgranaten werfen und mit Bajonetten zustechen –, einfach alles würden sie tun, um die armen Vögel von ihrem Elend zu erlösen. Und das, so mutmaßte Palmer, war der Grund dafür, dass die Menschen so glücklich waren. Weil jeder herabhängende Kopf mit orangefarbenen Augen eine Kreatur weniger bedeutete, deren Leid schwer auf ihren Herzen gelegen hatte. Im Himmel, dachte Palmer mit einem Lächeln, musste es von Tauben nur so wimmeln.

Auf dem Sims des elektrischen Kamins im Arbeitszimmer seines Vaters stand die kleine Statue einer Taube. Sie war golden. Sie war wunderschön. In eine Plakette zu Füßen der Statue waren Worte eingraviert. Palmer konnte damals noch nicht lesen, also bildete er sich ein, die Worte bedeuteten: *Allen Tauben zur Ehre. Dieses Haus liebt dich.*

Aber damit verstummten die Fragen nicht. Tauben zu töten und Tauben von ihrem Elend zu erlösen, dies weigerte sich beharrlich, dasselbe zu bedeuten. Palmer dachte über das Elend nach und kam zu dem Schluss, dass es auch andere Mittel als ein Gewehr geben müsse, um dieses Elend zu beenden. Zum Beispiel nahmen ihn, wenn er selbst sich elend fühlte und es ihm schlecht ging, seine Mutter oder sein Vater in die Arme und wischten ihm die Tränen aus den Augen. Wenn Palmers Mutter oder Vater ihn von seinem Elend erlösten, erschossen sie ihn nicht, sondern sie gaben ihm einen Keks. Warum also nahmen die Leute zum Taubentag Gewehre und nicht Kekse mit?

Das alles war sehr verwirrend.

»War Daddy auch ein Halsumdreher?«, fragte Palmer eines Tages seine Mutter.

Nach einer Weile sagte sie: »Frag deinen Vater besser selbst.«

Also fragte er seinen Vater. »Daddy, warst du auch ein Halsumdreher?«

Sein Vater sah ihn an und sagte: »Jap.«

»Werde ich auch irgendwann ein Halsumdreher sein?«

Sein Vater nickte sehr knapp und sagte: »Todsicher, mein Großer.«

Todsicher. In den darauf folgenden Tagen sagte Palmer sich dieses Wort wieder und wieder vor. Todsicher.

Wie er hörte, wurden aus Jungen Halsumdreher, sobald sie zehn Jahre alt wurden.

9

Weil seine Mutter damals keine Zeit hatte, war Palmer mit Dorothy Gruzik und deren Eltern zu seinem zweiten Taubentag aufgebrochen. Für Dorothy war es ihr erster. Sie zeigte auf den Berg aus Holzverschlägen am anderen Ende des Feldes. »Wofür sind die?«, fragte sie Palmer.

»Da sind die Tauben drin«, erklärte er ihr.

»Und was machen sie da drin?«, sagte sie.

»Darauf warten, dass sie rausgelassen werden«, antwortete Palmer. Er fühlte sich bereits als alter Hase, der einem kleinen Kind alles erklärte. »Aus den großen Verschlägen werden sie in die kleinen weißen dort gesteckt. In jedem von den kleinen weißen Kästen sind fünf Tauben. Dann zieht jemand an einem Seil und ein Türchen geht auf und die Tauben fliegen raus.« All das wusste er von seinem Vater. »Rate mal, wie viele Tauben es sind.«

Dorothy überlegte eine Weile. »Hundert.«

Palmer lächelte selbstzufrieden. »Fünftausend.«

Dorothy Gruziks Mund klappte auf, ihre Augen suchten die Wolken ab. Sie stellte sich einen Himmel voller Tauben vor. »Wow«, sagte sie. »Und dann?«

»Dann werden sie abgeschossen.«

Dorothy stand lange Zeit regungslos. Es sah aus, als wartete sie darauf, dass Regen in ihren Mund falle. Als sie den Blick endlich auf Palmer richtete, wünschte er sich, er wäre nicht hier.

»Was?«, sagte sie.

»Sie knallen sie ab«, wiederholte er, und die Worte schmeckten staubig und bitter. Es schien nur eine Möglichkeit zu geben, diesen widerlichen Geschmack loszuwerden, und die bestand darin, seinen Mund mit mehr und mehr Worten auszuwaschen. »Es geht päng! Päng! Päng! Sie machen den Kasten auf und die Tauben fliegen raus und das Gewehr macht päng! Und der Vogel trudelt so runter –« Palmer hob eine Hand über den Kopf und ließ sie nach unten zischen, um es ihr vorzumachen; er hatte gerade Pfeifen gelernt und lieferte damit den passenden Ton. »Und dann kommt die nächste raus – päng! Und die nächste – päng!« Jedes Päng! wurde von einer herabzischenden Hand und einem Pfeifen begleitet. »Und dann laufen die Halsumdreher los, um die Tauben einzusammeln, und wenn eine Taube nicht tot ist, kriegt sie das Genick gebrochen.« Er legte die geballten Fäuste zusammen und verdrehte sie gegeneinander. »Ungefähr *so* ...« Er machte das Geräusch eines zerbrechenden Zweiges.

Da rannte sie aber schon, bahnte sich einen Weg durch die Menge, taumelte Erwachsenen gegen die Beine, dicht verfolgt von ihrer Mutter. »Entschuldigung ... Entschuldigung ...«

Palmer schob sich durch den hinteren Teil der Menschenmenge. Dorothy lief an den Picknicktischen vorbei, ihre Mutter auf den Fersen.

Palmer rief: »Sie erlösen sie doch nur von ihrem Elend! Mehr nicht! Mehr nicht!«

Und merkte, dass er weinte.

10

Im Jahr darauf hatte Palmer keine Lust auf das Spektakel und verbrachte den Taubentag mit Dorothy Gruzik auf dem Spielplatz. Den ganzen Tag lang mischte sich das Knarren der Wippe und das Quietschen der Schaukeln in das Krachen der Gewehrschüsse. Über die Entfernung hinweg klangen sie wie zerplatzende Luftballons.

Als sie auf den Schaukeln saßen, lief ein Junge namens Arthur Dodds vorbei. Damals hatte Arthur sich den Spitznamen Bohne noch nicht zugelegt. Er stürmte über den Spielplatz und kam schlitternd zum Halten, als er Palmer und Dorothy erblickte.

»Macht 'n ihr da?«, fragte er die beiden.

»Wir schaukeln«, sagte Dorothy. »Hast du keine Augen im Kopf?« Selbst damals hatte sie keine Angst gehabt.

»Sie knallen die Tauben ab«, sagte er. Seine Füße waren immer noch in Richtung Fußballfeld ausgerichtet; sein ganzer Körper bebte. »Kommt schon!«

»Wir bleiben hier«, sagte Dorothy.

Palmer war froh, dass Dorothy antwortete, aber jetzt wandte Arthur Dodds sich direkt an ihn. »Wie heißt du?«, knurrte er.

»Palmer.«

»Ich meine den Vornamen.«

»Das ist mein Vorname.«

»Das soll ein Name sein?«

Was konnte Palmer darauf schon erwidern? Er zuckte die Achseln.

Arthur Dodds trat näher an ihn heran. Damals hatte er noch seine Milchzähne, die allerdings genauso farbenfroh waren, wie seine zweiten Zähne sich später präsentieren sollten. »Kommst du mit?«, fragte er.

Palmer wusste nicht, was er sagen sollte. Er sah zu Dorothy. Sie starrte ihn an. Er konnte die Antwort aus ihrem Gesicht ablesen. Er schüttelte verneinend den Kopf.

Arthur Dodds explodierte. »Hosenscheißer! Weiberheld!« Er zerrte derart heftig an der Kette der Schaukel, dass es Palmer wie den Zureiter eines Wildpferds zu Boden warf.

»Ich bin ein Halsumdreher, ein Halsumdreher!« Wiehernd stürmte Arthur Dodds davon. »Ich pack mir eine Taube und brech ihr das Genick!«

Und das tat er.

Wie Palmer später zu Ohren kam, nervte Arthur Dodds an diesem Tag alle und jeden. Immer wieder rannte er über den Platz und verfolgte verwundete Tauben, nur um sich selbst von den echten Halsumdrehern verfolgt zu sehen. Genau wie Palmer, so war auch Arthur Dodds damals erst sechs Jahre alt.

Schließlich bekam er, was er wollte. Ein angeschossener Vogel flatterte vom Himmel, landete aber nicht auf dem Fußballfeld, sondern inmitten des Picknickgeländes. Arthur sah ihn und hetzte ihm nach. Er hörte eine Frau schreien. Der Vogel war direkt in den rosaroten Kinderwagen gefallen, in dem ihr Baby schlief.

Bis Arthur endlich dort ankam, hatte die Taube sich schon auf den Rasen gerettet, wo sie von einem halben Dutzend kreischender Kleinkinder um die Picknicktische herum gescheucht wurde. Arthur mischte sich unter die Verfolger. Der Vogel flatterte auf einen Tisch. Menschen schrien auf. Hotdogs segelten durch die Luft. Arthur hechtete quer über den Tisch, warf Getränke um, zerdrückte einige eingelegte Eier und zerrte die Taube an den Beinen aus einer Salatschüssel. Man erzählte sich, Arthur habe die Arme wie ein Boxchampion emporgerissen und gebrüllt: »Ich hab eine!« Dann hatte er, vor den Augen der verblüfften Menge, dem Vogel den Hals umgedreht.

Arthur Dodds war noch nicht fertig. Er war so stolz auf seine tote Taube, dass er sie mit nach Hause nahm, in Zeitungspapier einwickelte und unter seinem Bett versteckte. Eine knappe Woche lang knöpfte er Kindern einen Vierteldollar dafür ab, dass sie einen Blick darauf werfen durften. Dann fiel seiner Mutter der unangenehme Geruch auf und so kam die Sache schnell zu einem Ende.

Auch Palmer roch etwas, etwas, das seinem Vater anhaftete, wenn dieser von den alljährlichen Taubentagen zurückkam. Wie so oft fand Palmer sich auf dem Schoß seines Vaters wieder. Das war sein Lieblingsplatz auf der ganzen Welt, hier konnte nichts und niemand ihm etwas anhaben. Aber an den Taubentagen nahm er den grauen, sauren Geruch von Pulverdampf wahr. Je tiefer er sich in den Hemdenstoff seines Vaters vergrub, desto intensiver wurde der Geruch.

Schließlich begann der graue, saure Geruch ihm auch dann in die Nase zu steigen, wenn sein Vater gar nicht anwesend und der Taubentag längst vorüber war. Es konnte frühmorgens geschehen, wenn er in der Schule saß, oder abends, wenn er in seinem Bett lag. Es konnte sogar mitten im Winter auf dem Schoß seines Vaters passieren, nachdem das Gewehr schon seit Monaten weggeschlossen war.

An jedem seiner Geburtstage kam der Geruch zu ihm. Er vermieste ihm den Geburtstag nicht, genauso wenig, wie er ihm den Schoß seines Vaters vermieste, aber er veränderte diese Dinge, sodass sie sich nie wieder so gut anfühlten wie zuvor.

Auch andere Dinge änderten sich. Aus Arthur Dodds wurde Bohne, und Bohne wurde jetzt von Billy Natola begleitet, aus dem Töle wurde, und von einem anderen, sehr schlaksigen Jungen, der neu in der Stadt war und den man nur als Henry kannte. Palmer wollte zu ihnen gehören, aber sie sagten, er sei zu klein und zu jung und habe einen komischen Vornamen, und dass er mit Mädchen spielte, kleinen Mädchen noch dazu.

Das stimmte nicht. Je älter er wurde, umso weniger hatte er mit Dorothy Gruzik zu tun. Als er in die erste Klasse kam, ließ er sie auf den Treppenstufen stehen, wo sie eine Puppe an sich drückte. In der zweiten Klasse sagte er zu den Jungs: »Sie wohnt nebenan, das ist alles. Kann ich was dafür? Und überhaupt, was soll ich denn mit einer Erstklässlerin anfangen?« Aber sie hörten ihm nicht zu.

Palmer lud sie alle zu seinem achten Geburtstag ein, aber niemand kam. Also stürmte seine Mutter nach nebenan und schleppte Dorothy an den Tisch im Esszimmer, und seine Mutter und sein Vater und Dorothy sangen »Happy Birthday« für ihn, und seine Mutter lächelte ein riesiges Lächeln, aber ihre Augen waren ganz rot.

Das war der Sommer, in dem Palmer und seine Eltern in Urlaub fuhren. Eines Tages machten sie in einer großen Stadt Halt. Sie besorgten sich eine Karte im Fremdenverkehrsamt und marschierten alle möglichen historischen Stätten ab.

Überall waren Tauben: auf den Gehsteigen, auf Mauervorsprüngen, auf Treppenstufen. An einer grünen Ampel sah Palmer sogar eine die Straße überqueren, als gehöre sie zu all den anderen Fußgängern. Kühn stolzierten sie herum, diese Tauben, kümmerten sich um ihre eigenen Angelegenheiten, pickten mal hier, mal dort etwas auf. Sie schienen weder Angst noch Zurückhaltung zu kennen. Sie benahmen sich, als gehörten sie dazu, als sei es ebenso ihre Stadt wie die der Menschen.

Und die Menschen selbst, die schienen die Tauben gar nicht wahrzunehmen. Immer wieder bestürmte Palmer seine Eltern: »Seht mal, die da … Und die da!« Die Stadtmenschen kümmerten sich nicht um die Tauben. Keiner trug ein Gewehr bei sich.

Mit Ausnahme der Taube, der man vor seinen Augen den Hals umgedreht hatte, als er vier Jahre alt gewesen war, war dies das erste Mal, dass Palmer den Vögeln nahe kam. Er hatte sagen hören, Tauben seien schmutzig und dreckig, die Ratten der Lüfte. Doch sosehr er jetzt auch den Blick anstrengte, sah er doch nur hübsche, ein wenig plumpe Vögel mit glänzendem Gefieder. Besonders faszinierte ihn die Art, wie sie sich bewegten. Sie hüpften nicht, wie Spatzen oder Rotkehlchen es taten, sondern sie *gingen*, setzten einen rosaroten Fuß vor den anderen, genau wie die Menschen. Bei jedem Schritt nickten sie mit dem Kopf, als wollten sie sagen: *Ja, mach ich. Stimmt. Du hast Recht.* Palmer kam zu dem Schluss, dass Tauben wirklich nette Vögel waren.

Sie durchquerten einen Park voller Bäume und Sitzbänke, als Palmer etwas sah, das ihn auf die Stelle bannte. Ein Mann saß auf einer Bank, eingehüllt in eine Wolke von Tauben. Sie saßen auf seinen Schultern, seinem Kopf, seinem Schoß und pickten nach Samenkörnern, die der Mann anscheinend über sich selbst ausgeschüttet hatte. Die Tauben gurrten und der Mann kicherte – oder gurrte der Mann und die Tauben kicherten? Es war schwer zu sagen.

Wieder zu Hause, kam Palmer auf die Idee, jetzt, da er einigermaßen lesen konnte, die Inschrift auf der goldenen Taubenstatuette im Arbeitszimmer etwas genauer unter die Lupe zu nehmen. Da stand:

BESTER SCHARFSCHÜTZE
TAUBENTAG
1989

Dort, vor der goldenen Statuette, kam der Pulverdampf zu ihm zurück und ihm wurde klar, dass sein Vater ein Taubenschießer war.

Ungefähr zu dieser Zeit bemerkte Palmer, dass etwas in seinem Leben aus der Bahn geriet. Die Zeit wurde zu einer Rutschbahn. Am Ende der Schlitterpartie erwartete ihn sein zehnter Geburtstag.

Immer wieder fragte ihn Bohne: »Und, wirst du auch mal Halsumdreher?«

Jedes Mal sah Palmer in diesen Farbkasten aus Zähnen und sagte: »Todsicher.« Und wann immer er das sagte, fühlte er sein Herz stolpern. Denn inmitten all der Veränderungen, die in seinem Leben vor sich gingen, blieb eines doch immer gleich. Es war etwas, das er seit seinem dritten Taubentag, als er mit Dorothy Gruzik auf der Schaukel gesessen hatte, gewusst hatte: Er wollte kein Halsumdreher werden.

11

Zuckerwattetage, Riesenradnächte. Die Waymer-Woche war beinahe besser als Weihnachten – und dauerte länger. Was noch vor einer Woche das Baseballfeld der *American Legion* gewesen war, hatte sich über Nacht in ein Wunderland verwandelt. Palmer probierte jede Attraktion und jeden Süßigkeitenstand mindestens zehnmal aus. Er liebte das prasselnde Zischen des heißen Fettes, in dem seine Pommes gegart und seine *Donuts* gebacken wurden. Er liebte das Kreischen und den darauf folgenden Platscher, wenn ein Ball sein menschliches Ziel auf der Wasserwippe traf, das Platzen der Luftballons unter den Wurfpfeilen, die Preise an den Losbuden, groß wie Bernhardiner, die Schwindel erregenden Fahrten im Kettenkarussell, das wie in Flaschen abgefüllte Feuerwerk der Neonlichter, die Geisterbahn, den Brezelmann und die Schokobananen.

Doch in diesem Jahr war für Palmer nicht einmal mehr das Volksfest ein ungetrübter Spaß. Selbst unter den freudigen Schreien und den Klängen der Karussellmusik konnte er das Fußballfeld nicht vergessen, das am Ende des Parks lag: still, wartend. Manchmal schien das Riesenrad Minute um Minute mit sich zu reißen, es wirbelte ihn dem Samstag entgegen, dem Krachen von Gewehrfeuer und dem Geruch von Pulverdampf.

Er versuchte, den Jungs aus dem Weg zu gehen, doch das war jetzt nicht mehr so einfach. Seit der *Behandlung* respektierten sie ihn und kamen jetzt öfter zu Besuch. Er wich ihnen aus und verließ das Haus durch die Hintertür. Er konnte an kaum etwas anderes als den Taubentag denken.

Dorothy hingegen respektierte ihn überhaupt nicht. Er hätte hundert *Behandlungen* über sich ergehen lassen können, ohne damit bei ihr Eindruck zu schinden. Er rief sich ins Bewusstsein, dass sie zu jung war und noch dazu ein Mädchen; ihr Horizont reichte bestenfalls bis an die

Ränder eines auf den Gehsteig gezeichneten Kreidegitters. Doch da war die Erinnerung an seinen dritten, mit Dorothy verbrachten Taubentag. Je näher der Samstag rückte, umso tiefer fühlte er sich ihr verbunden. Aber wenn er Dorothys Gesicht unter den Neonlichtern aufleuchten sah und sie beim Namen rief, hob sie nur die Nase in die Luft und wandte sich ab.

Er kannte den Rummelplatz auswendig. Jeden Tag gaben seine Eltern ihm etwas Geld. Wenn das ausgegeben war, ging er an sein Erspartes. Er schwankte und kreiselte und kippte und wirbelte und raste dem Himmel entgegen und stürzte zu Tal. Je näher der Samstag rückte, umso ausgiebiger gab er sich den Attraktionen hin.

Wann immer er auf die Bande stieß, hieß es: »Wir sehen uns am Samstag, Rotzie. Sechs Uhr morgens.« Sie hatten sich bei der Kanone aus dem Ersten Weltkrieg verabredet. Das Schießen würde um sieben beginnen und bis in den Abend hinein andauern.

Als Palmer noch jünger gewesen war, hatte ihn das mit Verwunderung erfüllt. Der Taubentag war für ihn seine erste Begegnung mit einer wirklich großen Zahl: fünftausend. Lange Zeit stand fünftausend für die Anzahl der Tauben, die man, eine nach der anderen, innerhalb eines Tages vom Himmel schießen konnte. Als er ein wenig älter wurde, entdeckte er, dass es Maschinengewehre und Panzer und Raketen gab und natürlich auch Bomben.

»Warum jagt ihr sie nicht einfach in die Luft und erlöst sie alle gleichzeitig von ihrem Elend?«, fragte er eines Tages seinen Vater.

Sein Vater nahm diese Frage zum Anlass, ihm alles genauestens zu erklären. Er sagte, es ginge um mehr als nur darum, die Tauben von ihrem Elend zu erlösen. Er sagte, dass nur derjenige Tauben abschießen durfte, der zuvor dafür bezahlt hatte, und dass das eingenommene Geld der Erhaltung des Parks diente. »Was also bedeutet«, sagte er, »dass du einer Taube die Schaukel auf dem Spielplatz zu verdanken hast.«

Und mehr als einmal tat Palmer in den folgenden Wochen genau das: Wann immer er die Schaukel benutzte, dankte er dafür einer Taube.

Palmer wusste, dass Bohne und die anderen Jungs den ganzen Tag zu bleiben beabsichtigten, vom ersten Schuss bis zur letzten grauen Feder, die auf den Boden herabtrudelte. Als er sich am Freitagabend schlafen legte, hatte er entschieden, wie er vorgehen würde: Er würde nicht zum verabredeten Treffen an der Kanone auftauchen. Wenn sie kämen, um nach ihm zu sehen, würde er im Bett liegen und so tun, als sei er krank. Er würde ihnen sagen, dass er nur allzu gern dabei wäre, seine Mutter es ihm aber nicht erlaubte.

Er fühlte sich gut. Das Problem war gelöst. Er schlief mit einem Lächeln auf den Lippen ein.

12

In seinem Traum kamen die Tauben in die Stadt, nicht fünftausend, sondern Millionen. Sie pickten nach den Rändern der Stadt, nahmen sie in ihre Schnäbel und flogen mit ihr davon, als wäre sie nichts weiter als ein auf ein Tischtuch gestickter Weihnachtsbaum. Nur ihr Flügelschlag war zu hören. Palmer fragte sich, was ihr Ziel sein mochte. Es sah so aus, als ließen sie die Erde hinter sich. Vor ihnen und um sie herum war nichts als leerer Raum und die schwärzeste aller Nächte. Sie flogen weit und immer weiter.

Dann fühlte er einen Flecken von Wärme auf seiner Wange. Ein Lichtstrahl durchdrang die Dunkelheit. Er wurde unruhig. Flogen sie etwa der Sonne entgegen? Würden sie ihn und die ganze Stadt in diesen Feuerball fallen lassen? Das Licht wurde heller. Eine Taube pickte nach seinem Nacken, pickte und kicherte. Er wand sich unter ihren Schnabelhieben. Er wollte schreien, doch anstelle seiner eigenen Stimme hörte er die Stimme eines anderen sagen: »Hack fester! Hast du seine Haut erwischt?«

Er schlug die Augen auf. Das Licht blendete ihn, dann erlosch es. Tiefe Dunkelheit. Das Nachtlicht war aus und er war nicht allein.

Jemand lag neben ihm in seinem Bett!

Er wollte ein Geräusch von sich geben, doch eine Hand legte sich über seinen Mund.

Irgendwer lachte laut auf, irgendwer knurrte: »Halt die Klappe! Sonst hören sie uns!«

Er roch kalte, gebackene Bohnen.

Dann war es wieder hell. Das Licht kam aus einer kleinen Taschenlampe. Es beleuchtete zwei Gesichter. Eines von ihnen sagte: »Halt die Luft an, Rotzie, okay? Wir sind's nur, Bohne und Töle. Okay?«

Palmer nickte und die Hand wurde von seinem Mund genommen. Er setzte sich auf. »Was macht ihr denn hier? Wie seid ihr reingekommen?« Ein Blick zum Fenster gab ihm die Antwort. Das Fliegengitter war hochgeschoben. Unter seinem Fenster befand sich das Dach der hinteren Veranda. So konnte es funktioniert haben.

Im nächsten Moment fühlte er sich aus dem Bett gezerrt und auf die Beine gestellt. »Komm schon«, flüsterte Bohne, »wir haben was vor.«

Es kam Palmer gar nicht in den Sinn, nicht mit ihnen zu gehen. Nachdem er sich von seinem ersten tiefen Schrecken erholt hatte, wurde ihm klar, welche Ehre ihm hier zuteil wurde. Das musste man sich mal vorstellen: Noch vor einem Monat hatten diese Jungen ihn bestenfalls gehänselt; jetzt schlichen sie sich nachts in sein Zimmer und stiegen zu ihm ins Bett, zu Palmer LaRue. Geradezu unglaublich!

Er knipste das Nachtlicht an, schlüpfte in seine Hosen, und schon ging es aus dem Fenster. Vom Verandadach ließen sie sich auf eine Planke herabgleiten, die Bohne und Töle von einer Baustelle mitgebracht hatten.

»Gehen wir!«, bellte Bohne.

»Wohin?«, sagte Palmer, aber Bohne war bereits losgezogen.

Sie huschten wie ein Flüstern durch die nächtliche Stadt. Bohne wies sie an, sich an die Gassen zu halten. Sie trotteten hintereinanderher. Das einzige Geräusch waren die Tritte ihrer Turnschuhsohlen auf dem Asphalt.

Noch nie, nicht einmal in der Silvesternacht, war Palmer so spät auf gewesen. Schon gar nicht hatte er je um diese Uhrzeit ohne seine Eltern das Haus verlassen. Es war nicht Palmers Art, so etwas zu tun. Er war immer ein gehorsames Kind gewesen. Gab es eine Regel, so wurde sie von Palmer auch befolgt. Bei dem Gedanken daran, was seine Eltern sagen würden, wenn sie dies hier herausfinden sollten, zog sich alles in ihm zusammen.

Doch die Erregung und die ihm zuteil werdende Ehre ließen alle anderen Gefühle verblassen. Während sie durch die dunklen, schlafenden Gassen liefen und dabei jede Straßenlaterne weiträumig umgingen, stellte Palmer sich vor, er sei ein zum Leben erwachter Bleisoldat, der Sergeant Bohne und Schütze Töle auf eine Mission hinter die feindlichen Linien begleitete. Er liebte diese Jungs. Er würde ihnen überallhin folgen. Er fragte sich, wie viele Abenteuer die vor ihm liegenden Tage und Jahre noch für ihn bereithalten mochten.

Sie trotteten durch den Park, vorbei an der alten Waffenkammer der Nationalgarde. Es ging um eine Ecke und schon standen sie vor dem mit Brettern vernagelten alten Bahnhof. Palmer roch etwas, ähnlich dem Geruch von Tieren, und er hörte kleine, leise Geräusche. Im Mondlicht lag ein zweites Gebäude, so hoch wie der Bahnhof und nahezu ebenso lang. An dieses zweite Gebäude konnte er sich nicht erinnern. Jetzt hörte er, dass die Geräusche Stimmen waren, und er sah, dass das zweite Gebäude gar keines war. Es war ein Berg aus Holzverschlägen … und aus verschlafenem Gurren …

Es waren fünftausend Tauben.

Er blieb auf der Stelle stehen.

Bohne und Töle trotteten weiter. Sie jubelten und jaulten und führten einen irrwitzigen Tanz vor den gestapelten Holzkisten auf. Sie hoben die Arme, als wären es Gewehre, und blafften »Päng! Päng!«, und ein zänkisches Getöse erfüllte die Nacht.

»Komm schon, Rotzie!«, riefen sie.

Sie hoben Stöckchen vom Boden auf und droschen damit gegen die Holzlatten. Sie spielten auf den Kisten wie auf Trommeln.

»Rotzie!«

Palmer konnte sich nicht von der Stelle rühren. Zehntausend orangefarbene Augen brannten Löcher in sein Herz.

Er hörte ein Zerren und Quietschen: Sie rissen eine Holzkiste auf. Was hatten sie vor?

»Pack sie dir! Pack sie dir!«, kreischte Bohne.

Zehntausend orangefarbene Augen.

»Hab sie!«

Palmer rief ihnen zu: »Ich muss zurück nach Hause! Ich muss dringend aufs Klo!«

Er rannte. Nicht durch die Gassen. Er rannte über die

Straßen, mitten durch das Licht der Lampenmasten, auf jedem Schritt verfolgt vom Getöse aus den Holzkisten, verfolgt von zehntausend Augen, bis in sein Haus, bis ins Bett, bis unter die Decke, bis in den Schlaf.

Als er am Morgen erwachte, hörte er aus der Ferne das leise Knallen von Gewehrschüssen.

Er schloss das Fenster und zog die Jalousie herunter. Er zog den Fernseher dicht an sein Bett und drehte die Lautstärke hoch.

Gott sei Dank kamen sie nicht um ihn abzuholen. Aber um ganz sicherzugehen erklärte er seiner Mutter, dass er sich krank fühle, und blieb den ganzen Tag im Bett. Anfangs sah sie ihn ein bisschen komisch an, aber für den Rest des Tages war sie besonders nett zu ihm, ganz so, als wäre er wirklich krank. Obwohl August war, versuchte sie ihn nicht einmal dazu zu bewegen, das Fenster zu öffnen. Sie stellte den Ventilator an.

Er sah fern. Er las. Er schnitt die Comicspalten aus der Zeitung aus. Seine Mutter spielte Karten und Monopoly mit ihm. Mit seinen Soldaten spielte er nicht.

Hin und wieder, als von draußen das Sonnenlicht schon schräg gegen die Jalousie drückte, klangen aus dem Erdgeschoss das Läuten der Türklingel und die Schritte seiner Mutter zu ihm herauf. Sie sagte nie, wer da gewesen war, und er fragte sie nicht danach.

Als sie kam, um ihm seinen Gutenachtkuss zu geben, schaltete sie den Fernseher aus und öffnete das Fenster. Die Nacht war still.

PICKER

13

Ein echter Heuler.«

Das waren die Worte seiner Mutter, die neben ihm am Wohnzimmerfenster saß und nach draußen starrte. Sein Vater nannte es einen Blizzard. Palmer nannte es einfach Pech.

Weihnachten, als er seinen Schlitten geschenkt bekam, hätte es schneien sollen. Aber das tat es nicht. Und auch nicht am folgenden Tag und am Tag darauf oder an irgendeinem der verbleibenden Tage des alten Jahres. Ferientage, Tage ohne Hausaufgaben – Tage, die von sausenden Schlittenfahrten den Valentines Hill hinab hätten erfüllt sein sollen, die aber nicht mehr gesehen hatten als düstere Blicke in den wolkenlosen Himmel.

Der neue Schlitten war ein echter Klassiker: poliertes Holz, rote Kufen, zwei Lenker. Er gehörte genauso wenig auf einen Wohnzimmerteppich, wie ein Maserati in einen Pferdestall gehörte.

Am Neujahrstag hatte Palmers Vater zu ihm gesagt: »Weißt du, ich könnte schwören, dass das Wetter die Leute zum Narren hält. Immer dann, wenn ich ohne Regenschirm aus dem Haus gehe, gießt es in Strömen. Vielleicht ist es mit dem Schnee genau dasselbe. Vielleicht können wir ihn austricksen. Warum schließt du den Schlitten nicht einfach weg, als wäre schon Frühling und Schluss mit dem Schlittenfahren?«

Weil er nichts Besseres zu tun hatte, hatte Palmer den

Schlitten in den Keller geschleppt. Er trieb die Sache sogar auf die Spitze. Er zog sein Hemd aus, wischte sich über die Stirn und sagte: »Mann, ist das heiß heute. Ich kann es kaum abwarten, endlich schwimmen zu gehen.«

Er stellte den Schlitten in der entferntesten, dunkelsten Ecke ab. »Den brauch ich nicht mehr, so viel ist sicher.« Er breitete eine alte Decke darüber. Er stapelte Kartons darauf. Er salutierte mit »*adios*, altes Haus« und ging davon.

Das war am frühen Nachmittag. Kurz vor dem Abendessen sah er nach draußen. Er konnte keine Sterne erkennen. Um sieben Uhr fielen die ersten Schneeflocken. Er stand in der Haustür und jubelte: »Schnee!« Und holte den Schlitten wieder aus dem Keller.

Der nächste Tag war der letzte Ferientag. Er erwartete einen stillen, weißen Tag voller Schlittenfahrten. Stattdessen war er von einem Blizzard geweckt worden, der gegen die Fensterläden drosch.

Er sah nach draußen. Die Welt schien zu Eis erstarrt zu sein. Er konnte nicht einmal bis zum Ende des Hinterhofs sehen. Er lief ins Erdgeschoss. Ein Auto war, in Schräglage und wie in den Schnee geschmolzen, am Straßenrand gestrandet. Der heulende Wind warf sich mit einer solchen Wut gegen das Haus, dass ihm angst wurde. Selbst seine Mutter erschauerte neben ihm, als sie wiederholte: »Ein echter Heuler.«

»Ich könnte meinen Schlitten genauso gut zu Kleinholz zerhacken«, grummelte Palmer.

Sie legte einen Arm um ihn. »Sieh es von der guten

Seite. Wenn das Wetter heute zu schlecht zum Schlittenfahren ist, ist es morgen vielleicht zu schlecht für die Schulbusse. Ich wette, morgen hast du deinen Schlittentag.«

Sie behielt Recht. Der dritte Januar war ein Tag für Schneepflüge, Schneeschuhe, Schneebälle und Schlitten. Es hatte den Anschein, als wäre ausnahmslos jedes Kind aus der Stadt auf dem Valentines Hill. Den ganzen Tag über bauten Palmer, Bohne, Töle und Henry Vierertürme auf dem neuen Schlitten, der wieder und wieder den Hügel hinabrauschte.

Als an diesem Tag die Sonne purpurn auf den Häuserdächern lag, zog ein müdes, aber glückliches Kind seinen Schlitten zurück in den heimatlichen Hafen. Bevor er zum Abendessen nach unten ging, sah Palmer eine Weile aus seinem Fenster hinaus. Landschaftsbilder hatten ihn nie besonders interessiert, doch der Blick aus dem Fenster brachte tief in seinem Inneren etwas zum Klingen. Die untergehende Sonne schien ihr Licht über den verkrusteten Schnee gegossen zu haben, sodass in diesem bereits verblassenden Moment Häuser und Hinterhöfe spektakulären Himbeerdesserts glichen. Als sein Blick auf das Dach der Veranda unter seinem Fenster fiel, sah er den vierzehigen Abdruck von Vogelfüßen, tief in den Schnee gedrückt.

Nur gut, dass er keine Hausaufgaben zu erledigen hatte. Palmer hätte das heute nicht mehr geschafft. Um zwanzig Uhr schlief er bereits tief und fest. Schlief so lange, bis er das klopfende Geräusch hörte.

Das war ungewöhnlich. Seine Mutter klopfte morgens nie an seine Tür, sie betrat einfach das Zimmer. »Wer ist da?«, fragte er, die Augen noch geschlossen, seine Stimme ein Kratzen.

Keine Antwort.

Er öffnete die Augen. Es war taghell. »Komm rein.«

Die Tür bewegte sich nicht.

Hatte er geträumt?

Da – wieder das Klopfen. Es kam nicht von der Tür. Es kam vom Fenster.

Die Jungs!

Palmer war schlagartig wach. Warum sollten jetzt, am frühen Morgen und noch vor der Schule, die Jungs zu ihm kommen? Er sprang aus dem Bett, zog die Jalousie hoch – und erstarrte. Es war nicht Bohne. Es war nicht Töle. Es war ein Vogel.

Eine Taube, um genau zu sein.

14

Oder doch nicht?

Palmer hatte so oft von Tauben geträumt, dass er glaubte, genau das könnte es sein: ein Traum. Er zog die Jalousie wieder herunter.

Er stiefelte im Kreis durch sein Zimmer. Er kickte seine Nilpferdschlappen über den Boden. Er hob seinen kleinen

Basketball aus Schaumstoff auf und brachte mehrere hohe Würfe mit Linksdrall in den an seiner Tür befestigten Korb. Er ging zurück ans Fenster. Er zog die Jalousie ein Stück hoch. Er spähte darunter hindurch. Er sah ein Paar kleiner, rosafarbener Beine, ähnlich denen eines Truthahns, die in einem grauen, gefiederten, plumpen Körper verschwanden. Er zog die Jalousie ganz nach oben.

Es war kein Traum.

Palmer machte eine scheuchende Bewegung mit der Hand. »Kusch! Kusch!«, flüsterte er.

Der Vogel pickte gegen den Fensterrahmen.

Mit einer Taube gesehen zu werden hatte Palmer gerade noch gefehlt. Bohne würde ihnen beiden den Hals umdrehen.

»Geh weg! *Geh weg!*«

Der Vogel klopfte, als würde er mit einem geheimen Taubencode antworten.

Palmer zerrte die Jalousie herab.

So eine dumme Taube! Aus einer Million Städten im Land hatte dieses Spatzenhirn sich ausgerechnet diejenige ausgesucht, die jedes Jahr fünftausend ihrer Artgenossen vom Himmel holte. Und aus allen Häusern der Stadt ausgerechnet dieses!

Die Tür ging auf. Seine Mutter steckte den Kopf ins Zimmer. »Du bist auf?«, sagte sie überrascht.

»Erst gerade jetzt«, gelang es ihm hervorzubringen. »Ich hab dich kommen hören.«

Die Tür ging wieder zu.

An diesem Morgen erledigte Palmer alles in Eile. Er konnte gar nicht schnell genug aus dem Haus kommen. Er stand zehn Minuten zu früh an der Straßenecke, wo er sich an Schultagen mit den Jungs traf.

Sie waren noch zwei Häuserblocks entfernt, als sie ihn sahen. Sie winkten wie verrückt, schrien »Rotzie! Rotzie!« und rannten auf ihn zu. Sie stumpten sich gegenseitig in Schneehaufen, weil jeder als Erster bei ihm ankommen wollte. In Palmers Augen schossen Tränen, er musste leise kichern, so gut fühlte er sich.

Sobald sie bei ihm waren, wurde aus dem Schulweg eine einzige Schneeballschlacht. Unterwegs bemerkte Bohne, dass Dorothy Gruzik hinter ihnen herging. »Feindberührung!«, schrie er. »Gegenangriff!«

Alle vier feuerten sie ganze Salven auf sie ab. Sie ging in die Hocke und wandte ihnen den Rücken zu, während Schneebälle gegen ihren roten, gesteppten Mantel prasselten. Palmer konnte sich nicht daran erinnern, diesen Mantel je gesehen zu haben. Muss ihn zu Weihnachten geschenkt bekommen haben, dachte er, während er einen Schneeball nach dem anderen formte und warf, formte und warf.

»Kriegsmarine! Sperrfeuer!«, schrie Bohne.

Palmer ließ keine Rücksicht walten. Seit dem Sommer hatte er kaum mit Dorothy gesprochen. Er hatte herausgefunden, dass Dorothy und die Jungs nicht gleichzeitig in sein Leben passten. Sie passten so gut zusammen wie Erdnussbutter und saure Gurken. Es schien, als würde sie alles, was den Jungs gefiel und wofür sie standen, nicht mögen. Den Jungs hatte er zu verdanken, dass ihm endlich aufgegangen war, was für eine Langweilerin sie war. Nie lachte sie, nie hatte sie Spaß. Selbst jetzt musste man sie sich nur ansehen – hockte einfach so da, ohne einen Pieps, ohne Gekreisch, ohne Geheule, ohne wie jedes andere normale Mädchen davonzulaufen. Tat immer so großspurig. Und hatte ihn, zum ersten Mal seit Menschengedenken, vor drei Wochen nicht zu ihrem Geburtstag eingeladen.

Die Schulglocke rief zum Unterricht.

»Hauen wir ab«, sagte Bohne.

Palmer warf einen extraharten letzten Schneeball. Er sah ihn weiß auf dem roten Mantel zerplatzen, dann rannte er mit den Jungs nach drinnen.

Den ganzen Tag fiel es ihm schwer, sich zu konzentrieren. Er musste ständig an die Taube denken. Woher kam sie? Wie war sie hierher gekommen? Hatte der Blizzard sie angeweht? Wo würde sie sich jetzt niederlassen?

Ganz egal, bloß nicht bei mir zu Hause, dachte Palmer.

Nach der Schule ließen ihn Schneeballschlachten und die sausenden Schlittenfahrten auf dem Valentines Hill die Taube vergessen. Er wälzte sich in Schneewehen und pfefferte Schneebälle ab und wirbelte und lachte, bis der Himmel im Westen sich in feuriges Orange zu verwandeln begann. Er schaffte es gerade noch rechtzeitig zum Abendessen nach Hause. Er machte seine Hausaufgaben. Er spielte mit seinen Bleisoldaten.

Der Himmel vor seinem Fenster war pechschwarz. Er wollte nicht nach draußen sehen, aber er konnte nicht anders. Er holte sich die Taschenlampe seines Vaters. Vorsichtig hob er die Jalousie an. Da war nichts, nur das vom Fensterglas reflektierte Spiegelbild seines Zimmers. Er öffnete das Fenster. Das schneebeladene Dach der Veranda leuchtete im Licht, das aus seinem Zimmer fiel. Er sah Taubenspuren, aber keine Taube.

Er beugte sich aus dem Fenster. Er knipste die Taschenlampe an und ließ den Lichtstrahl über das Verandadach wandern, vor und zurück, von einer Ecke zur anderen. Er sah nichts, nur schweigenden Schnee.

Er schloss das Fenster, zog die Jalousie herunter und knipste die Taschenlampe aus. Er setzte sich auf die Bettkante. Er atmete tief durch. Er fühlte sich besser.

15

Klopfen.

Da war es wieder, am nächsten Morgen.

O nein!

Noch im Halbschlaf streckte er den Arm zur Jalousie und drückte sie ein Stück nach oben. Da war er, der dümmste Vogel der Welt, den dummen Kopf verdreht, um ihn aus orangefarbenen Augen anzustarren.

Palmer kniete sich vor das Fenster. Er sprach zu dem orangefarbenen Auge. »Willst du etwa sterben, du dummer blöder Gockel? Dann flieg mal zum Fußballfeld. In dieser Stadt bringen sie Tauben um. Da gibt es einen Jungen, der heißt Bohne. Der ist mein Freund, aber er ist nicht *dein* Freund. Er hasst dich. Wenn er dich erwischt, dreht er dir den Hals um. Und wenn dir das egal ist, dann denk wenigstens an mich. Was glaubst du, was die Leute mit mir machen, wenn sie wissen, dass ich eine Taube habe?«

Er schob die Jalousie ganz nach oben, der Kopf der Taube folgte der Aufwärtsbewegung.

»Bitte – bitte –«, er faltete seine Hände wie zum Gebet, »geh dahin zurück, wo du hergekommen bist. Wir wollen dich hier nicht.«

Der Vogel klopfte gegen die Fensterscheibe. Palmer drohte mit der Faust und zog die Jalousie herab.

Später, beim Frühstück, als er einen Löffel voll Müsli kaute, ging ihm plötzlich ein Licht auf: Futter. Der Vogel war hungrig.

Gut. Er würde den Vogel also füttern.

Und was dann? Wird der Vogel fressen und anschließend in die nächste Stadt fliegen? Oder wird er zu dem Zimmerfenster zurückkehren, vor dem er seine letzte Mahlzeit erhalten hat?

Palmer befürchtete, die Antwort zu kennen. Er wusste, wie groß der Einfluss war, den man mit Futter auf Tiere ausüben konnte. Selbst seine Mutter hatte ihm das einmal gesagt, als es um eine streunende Katze ging: »Du darfst sie nicht füttern, sonst kommt sie immer wieder.« Wenn er diese Taube fütterte, war das wie eine Einladung zur Rückkehr, eine Rückkehr in den Untergang.

Deshalb war Palmer von sich selbst überrascht, als er

mit einer Hand voll Müsli die Treppen hinaufstieg. Und sein Fenster öffnete. Und das Müsli nach draußen in den Schnee warf, den die Sonne angetaut und den die Kälte mit einer glänzenden Eiskruste versehen hatte.

Die Körner verschwanden im Schnabel des Vogels. Palmer konnte die Augen nicht von diesem Anblick wenden. Wie die Tauben, die er in der Stadt gesehen hatte, war auch diese von einem fast einheitlichen Grau, eine Farbe wie die einer kreideverschmierten Tafel. Aber da war mehr. Als der Vogel die Körner aufpickte, schillerten im Sonnenlicht um seinen Hals herum grüne und purpurne Reflexe. Palmer zählte: graues Federkleid (eins), orangefarbene, schwarz umränderte Augen (zwei, drei), bronzegelber Schnabel (vier), rosa Beine und Füße (fünf), Hals grün mit Purpur (sechs, sieben), weiße Flügelspitzen (acht). Acht! Wer hätte gedacht, dass eine einzige, elendige Ratte der Lüfte so viele Farben besitzen konnte?

Vor der Tür die besorgte Stimme seiner Mutter: »Palmer! Ich dachte, du wärst schon aus dem Haus. In zehn Minuten fängt die Schule an.«

Er betete, dass sie nichts gesehen hatte, und zerrte die Jalousie herab. Er packte zusammen, was er brauchte – Mantel, Stiefel, Bücher –, und rannte. Viel zu schnell war er an der Schule. Er wollte nicht aufhören zu laufen.

So fühlte er sich während des ganzen Tags, angespannt und ständig auf dem Sprung. Fragte sich: Warum habe ich das getan? Aber er wusste, warum. Er wollte es nur nicht zugeben, nicht einmal sich selbst.

Nach der Schule rannte er.

Die Jungs sahen ihn. »Hey, Rotzie! Wo läufst du hin?«

»Nach Hause«, rief er. »Muss was für meine Mom erledigen.«

Er japste und keuchte, als er endlich in seinem Zimmer ankam. Er zog die Jalousie hoch. Die Körner waren verschwunden. Der Vogel ebenfalls.

Er suchte den leeren Himmel ab. Wie sollte er sich fühlen? Er dachte daran, wie die Taube auf der Suche nach einem neuen Fenster, einem neuen Kinderzimmer über das schneebedeckte Land flog, und fühlte sich elend. Er dachte daran, wie die Jungs zu ihm kommen und ihn nicht mit einer Taube entdecken würden, und fühlte sich gut.

Er öffnete das Fenster und zerschlug mit der Faust die schneeverkrusteten Fußabdrücke auf dem Sims. Niemand würde wissen, dass ein Vogel hier gewesen war.

Er legte sich auf sein Bett. Das Bedürfnis zu laufen war verschwunden. Er fragte sich, ob Tauben im Winter in den Süden zogen, wie die Wildgänse es taten. Er fragte sich, wie weit der Vogel inzwischen wohl entfernt war. Er stellte sich vor, wie ein anderer die Taube fütterte, und empfand Eifersucht.

Dann wurde er nervös, weil ihm auffiel, dass er an sie als *seine* Taube dachte und was für ein gefährlicher Gedanke das in einer Gegend wie dieser war.

Er stand auf. Er holte seine Bleisoldaten aus ihrem Versteck, hatte aber keine Lust, mit ihnen zu spielen. Er stellte sie zurück. Er warf ein paar Körbe. Er schaltete den Fernseher ein. Er sah hin, ohne den Flimmerbildern besondere Aufmerksamkeit zu schenken. In der *Sesam-*

straße wütete das Krümelmonster. Dann kam *Gilligans Insel*. Der hochnäsige, geschraubt sprechende Mann versuchte mit dem Stöckelschuh seiner Frau eine Kokosnuss zu öffnen. Immer wieder hämmerte er darauf ein, bis Gilligan ihm die Kokosnuss fortnahm und sie öffnete, indem er dem Mann die Nuss gegen den Kopf knallte. Doch das Klopfen hörte nicht auf, es dauerte auch über die Werbung hinweg an ... über die Werbung hinweg ...

Palmer sprang ans Fenster. Da war sie. »Taube!«, rief er laut.

Sein erster Gedanke war, sie zu füttern, damit sie nicht wieder davonflog. Er hob beide Hände in einer besänftigenden Geste. »Warte einen Moment«, rief er durch das geschlossene Fenster, »bleib da.« Er stürmte durch sein Zimmer. Er ließ immer irgendwas herumliegen – Kartoffelchips, Kekse, ein Stück Kuchen. Er durchstöberte den Garderobenschrank, tauchte unter sein Bett, riss Schubladen auf. Nichts. Nicht der kleinste Fitzel.

Der Vogel klopfte an. Es war immer noch hell draußen, wurde aber langsam dunkel.

»Nur eine Minute ... eine Sekunde«, rief er.

Er würde nach unten gehen und etwas aus der Küche besorgen müssen. Das war kein Problem, aber was war, wenn der Vogel keine Lust hatte, so lange zu warten? Er war den ganzen Tag herumgeflogen, vielleicht hatte er ein besseres Fenster gefunden, eines, vor dem er nicht so lange warten musste. Vielleicht würde er, wenn er das nächste Mal davonflog, nie wieder zurückkommen.

Palmer dachte nicht nach. Er machte keinen Gebrauch von dem gesunden Menschenverstand, den er früher besessen hatte. Er durchquerte einfach sein Zimmer und öffnete das Fenster.

16

Der Vogel spazierte herein.

Hüpfte nicht, sondern spazierte. Wie ein Mensch, wie diese Stadttauben, die er gesehen hatte. Mit nickendem Kopf, ganz geschäftig, so cool wie nur sonst was, als ob der ganze Schuppen ihm gehörte.

Spazierte über das Fenstersims auf Palmers Hand, von dort den rechten Arm hinauf, pickte an Palmers Ohrläppchen – »Aua!« – und hüpfte ihm von dort auf den Kopf. Palmer stand mucksmäuschenstill, er wagte nicht einmal die Augen zu verdrehen. Spitze kleine Zehen trippelten durch sein Haar. Es fühlte sich kratzegut an.

Der Vogel gab ein glucksendes Geräusch von sich, als hätte er soeben einen guten Witz gehört, dann war er mit einem Flügelschlag verschwunden. Palmer drehte sich um und sah ihn über den Fußboden stolzieren. Von hinten betrachtet sah sein Gang wie Gewatschel aus. Hunger durfte kaum zu seinen Problemen gehören – er war pummelig.

Der Vogel hüpfte auf Palmers Bett und unternahm

einen Erkundungsgang. Mit jedem Schritt nickte er, wie um zu sagen: *So weit, so gut. Ich schätze, mit diesem Plätzchen kann ich mich anfreunden.* Seine orangefarbenen Augen blinzelten kein einziges Mal.

Er flog zum Regal, spazierte über die Buchrücken, pickte zwischen die Seiten. Er untersuchte den Fernseher, schien aber am derzeit laufenden Programm, den Fünf-Uhr-Nachrichten, nicht interessiert. Er durchschritt die kreisförmig gebogene Antenne wie ein dressierter Hund einen Reifen, und weiter ging es auf der Kommode, wo sein Schwanz Palmers Familienfotos, eine in der Schule gebastelte Kerze und alles, was sonst noch dort stand, umfegte. Von dort flatterte er auf Palmers gestapelte Comichefte. Die Landung war eine Katastrophe. Das Deckblatt des zuoberst liegenden Hefts war zerfleddert und lose; als die Füße des Vogels darauf aufkamen, gab es nach und der Vogel purzelte – mit einem erschreckten *Oh!*, wie Palmer sich einbildete – Hals über Kopf zu Boden. Wo er aufgekommen war, hinterließ er einen pfenniggroßen weißen Klecks und marschierte weiter zum Papierkorb.

Palmer jaulte auf vor Vergnügen – genau in dem Moment, in dem seine Mutter ins Zimmer kam und fragte: »Na, was gibt's zu lachen?«

Palmer erstarrte.

»Nichts«, platzte er heraus, »nichts weiter, bloß was Witziges im Fernsehen.«

Der Papierkorb stand hinter der Tür, die sie gerade geöffnet hatte. Mit reiner Willenskraft versuchte er sie davon abzuhalten, sich umzudrehen.

Sie runzelte die Stirn. »Warum ist das Fenster auf? Es ist ganz kalt hier drin.«

Er sprang auf und schloss das Fenster. »Gibt es schon Abendessen?«

Bevor sie eine Antwort geben konnte, schaltete er den Fernseher und das Licht aus, zog die Tür zu und polterte ins Erdgeschoss. »Ich sterbe vor Hunger«, verkündete er. »Was gibt's zu essen?«

Als Palmer nach dem Abendessen in sein Zimmer zurückkehrte, war von der Taube nichts zu sehen. Der weiße Klecks auf dem Fußboden war eingetrocknet. Palmer sah in jeder Ecke nach, dann unter seinem Bett. Schließlich entdeckte er den Vogel auf dem obersten Regalbrett im Garderobenschrank. Er hatte es sich bequem gemacht, sein Bauch ruhte auf dem Schuhkarton mit den Bleisoldaten. Seine Augen waren geschlossen.

Palmer leerte das Müsli aus seinen Hosentaschen auf den Schreibtisch. Er zog seine Turnschuhe aus, um beim Herumlaufen möglichst wenig Lärm zu verursachen. Er schaltete die helle Deckenbeleuchtung aus und die Lampe an seinem Schreibtisch ein. Er entfernte den weißen Klecks vom Fußboden.

Er machte seine Hausaufgaben. Er sah ein wenig fern. Er kramte ein paar Lieblingscomics aus dem Heftstapel. Er aß ein Betthupferl. Es las zwei Kapitel in einem Buch. Er machte alles, was er auch sonst an einem gewöhnlichen Abend vor einem Schultag machte, nur tat er es leiser. Und mit einem warmen, giggeligen Ich-habein-Geheimnis-Gefühl. Und alle fünf Minuten mit einem Blick in den Garderobenschrank.

Als seine Mutter hereinschaute, um gute Nacht zu sagen und ihn zu fragen, ob er sich die Zähne geputzt habe, wusste er, dass es an der Zeit war, etwas mit ihr zu besprechen.

»Mom?«

»Ja?«

Sie stand in der Tür, die Hand an der Klinke.

»Wenn du das nächste Mal in mein Zimmer kommst, und danach auch immer, könntest du dann anklopfen?«

Er hatte versucht, es ganz beiläufig zu sagen, mit seiner besten Keine-große-Sache-Stimme, in der Hoffnung, sie würde es genauso beiläufig aufnehmen.

Ha! Wann hatte seine Mutter es ihm jemals leicht gemacht? Sie starrte ihn von der Tür aus an, mit klimpernden Augen, das Gesicht ausdruckslos, als ob er sie in einer fremden Sprache angesprochen hätte. Dann schlich sich eine Spur von Amüsiertheit in ihre Züge und sie sagte: »Okay.« Ganz locker. Mit einem Achselzucken.

Erstaunlich.

Sie lächelte und schloss die Tür.

Viel zu erstaunlich. Was, wenn sie es gar nicht so locker aufnahm, wie sie getan hatte? Was, wenn sie heimlich herumzuschnüffeln begann? Er musste ihr einen Grund für sein Verhalten anbieten.

Er öffnete die Tür. Sie war schon auf halber Höhe im Treppenhaus.

»Willst du wissen, warum?«

Sie blieb stehen und sah ihn an. »Okay.«

»Also«, sagte er, »weißt du, das ist nämlich so, also, ich werde jetzt älter und –« Er starrte sie an. Wie sollte er sich bloß ausdrücken?

Sie sagte es für ihn. »Und du bist ein Junge und ich bin ein Mädchen, und du wirst langsam zu groß dafür, dass ein Mädchen dich in Unterwäsche sehen sollte, auch wenn das Mädchen deine Mutter ist. Deshalb möchtest du gewarnt werden, um Zeit genug zu haben, dir was anzuziehen. Richtig?«

Er nickte. »Mhm.«

»Eine Frage nur.«

»Ja?«

»Bist du dafür nicht noch etwas zu jung?«

»Ich bin weit entwickelt für mein Alter.«

Sie nickte nachdenklich. »Oh. Verstehe.« Sie nahm die nächsten Stufen, blieb stehen, drehte sich noch einmal um. »Wie wäre es, wenn ich, außer anzuklopfen, auf dem Weg nach oben auch noch auf einer Trillerpfeife blase?« Ihre Augen zwinkerten.

»Mom.«

»Aber ich darf deine Unterwäsche immer noch *waschen*, oder?«

Palmer schloss die Tür. Nur noch eine Sekunde und er hätte lachen müssen.

An diesem Abend ging Palmer mit einem Grinsen auf dem Gesicht zu Bett. Zum ersten Mal in seinem Leben schlief er nicht allein in seinem Zimmer. Er brauchte kein Nachtlicht mehr.

17

Er wurde von einem Picken an seinem Ohrläppchen geweckt. Er schlug ein Auge auf und sah sich von einem orangefarbenen Knopf angestarrt. Die Taube befand sich auf seinem Kissen, sie klang wie jemand, der mit Wasser gurgelt. Sie pickte noch einmal an seinem Ohrläppchen.

»Autsch!«

Palmer wedelte mit den Armen und der Vogel flog zum Fuß des Bettes. »Ich bin wach, okay?« Palmer überlegte, wo er seine alten Ohrschützer aufgehoben hatte.

Ein Türklopfen. Seine Mutter!

»Palmer?«

»Ja?« Er warf seine Bettdecke über die Taube.

»Du musst aufstehen.«

Sie hielt ihr Wort und kam nicht herein.

»Okay. Bin schon wach.«

Sie ging nach unten.

Die Decke bewegte sich wie ein Geist über sein Bett. Er zog sie zurück. Mit einem Kollern flog der Vogel auf den Stapel aus Comicheften. Wie schon tags zuvor rutschte er auf dem obersten Comic ab und purzelte zu Boden. Dieser Vogel, dachte Palmer, ist entweder dumm, tollpatschig oder ein Clown. Er zog sich an und ging frühstücken. Diesmal brachte er nicht nur Müsli, sondern auch Studentenfutter mit. Er streute alles in den Schnee vor seinem Fenster.

Die Taube ließ sich nicht zweimal bitten. Sie flatterte aus dem Fenster und machte sich über das Futter her.

Im Lauf der nächsten Woche wurde Palmer vertrauter mit der Taube und richtete sein Leben auf den neuen Freund ein. Er lieh sich ein Buch über Tauben aus der Schulbibliothek. In Wirklichkeit schmuggelte er es heraus – wenn es um Tauben ging, traute er in dieser Stadt nichts und niemandem, Dorothy Gruzik vielleicht ausgenommen. Er befürchtete, dabei gesehen zu werden, wie er mit einem Buch über Tauben zum Ausgabetisch ging (allerdings nicht von Bohne, der um die Bibliothek einen ebenso großen Bogen machte wie um Zahnpasta). Oder die Bibliothekarin könnte ihn komisch angucken. Oder ganz nett zu ihm sein und ihn dann, sobald er gegangen war, bei irgendeiner Behörde anschwärzen. Also ließ er das Buch in seine Schultasche gleiten und verließ den Raum mit seiner bestmöglichen Unschuldsmiene. Nach zwei Tagen stand es wieder an seinem angestammten Platz.

Aus dem Buch erfuhr er, dass Tauben stets mit der untergehenden Sonne schlafen gehen. Er erfuhr, dass es in Ordnung war, Tauben mit Müsli zu füttern, sie aber in freier Wildbahn auch feinen Kies zu sich nahmen. Die Steinchen landen in ihren Muskelmägen, wo sie das Futter zermahlen, da Tauben keine Zähne haben, die diese Aufgabe übernehmen können. Er erfuhr, dass eine Taube beim Fressen nicht besonders wählerisch ist, weil auf ihrer Zunge nur siebenunddreißig Geschmacksknospen sitzen.

Er erfuhr, dass das Herz einer Taube so groß ist wie eine Eichel. Und dass das Taubenherz, gemessen am Rest des Körpers, eines der größten in der gesamten Schöpfung ist.

Palmer erfuhr, dass Tauben in freier Wildbahn in den Spalten und Ritzen hoher, felsiger Klippen zu schlafen pflegen. Als sie in die Städte gekommen waren, hatten sie nach etwas Ausschau gehalten, das diesen hohen, felsigen Klippen glich, und waren auf Wolkenkratzer und hohe Gebäude gestoßen. Das war der Grund dafür, dass Tauben bevorzugt Großstädte bevölkerten.

Er las von Wandertauben. Ihre Schwärme hatten Millionen gezählt. Es waren so viele gewesen, dass ihr Flug die Sonne verdunkelt und die Menschen am helllichten Tag dazu gezwungen hatte, Fackeln zu entzünden. Dann hatten die Menschen damit begonnen sie abzuschießen. Sie sogar mit Dynamit zu jagen. Und im Jahr 1914 war auch die letzte amerikanische Wandertaube ausgelöscht gewesen.

Tauben mussten etwas an sich haben, überlegte Palmer, das die Menschen dazu brachte, sie abschießen zu wollen. Doch was immer das sein mochte, auch das Buch konnte es ihm nicht verraten.

Aber er erfuhr vieles mehr. Das Buch war neunundachtzig Seiten lang und das überraschte Palmer. Er hätte nie geglaubt, dass man über neunundachtzig Seiten hinweg nur von Tauben reden konnte.

Wenn man allerdings genauer darüber nachdachte, hätte auch er selbst jede Menge Seiten über seine Taube schreiben können. (Und da gab es keine Frage mehr – es war *seine* Taube.) Er hätte darüber schreiben können, wie die Taube jeden Nachmittag so lang gegen sein Fenster klopfte, bis er sie endlich hereinließ. Wie die Taube über das Sims auf sein Bett spazierte, von dort aus jede Ecke des Zimmers anflog und sich überall kurz niederließ, wie um zu sagen: *Wollte nur mal nachsehen, ob noch alles so ist, wie ich es hinterlassen habe.* Wie die Taube auf dem oberen Comicheft mit einem witzigen Purzelbaum ausrutschte wie auf einer Bananenschale. Wie Palmer jeden Abend nach dem Essen die Taube schlafend in seinem Garderobenschrank fand.

Und dann die Geräusche. So viele, so verschiedenartige. Es gab das Flöten und Gurren und Seufzen und Knurren und Kollern und Gackern, und einmal gab es sogar ein Kläffen. Sein neuer Mitbewohner war eine Ein-Vogel-Kapelle!

Er dachte über einen Namen nach. Ihm fiel ein, wie die Taube jeden Morgen an seinem Ohr herumpickte. Tatsächlich pickte sie ständig an etwas herum: am Softball, an den grauen Soldaten, an den Buchrücken. Natürlich, das war es: *Picker.* Und weil Picker wie ein Jungenname klang, war auch »die« Taube jetzt ein »er«.

Bald entwickelte sich folgender Ablauf:

- Aufwachen. (Der »Wecker« war das Picken an den Ohrläppchen.)
- Verschlafen tun, wenn Mom zum offiziellen Wecken an die Tür klopft.
- Lass Picker raus. Streu Futter auf das Verandadach. (Er

hatte eine Packung Honigcracker gekauft, die er im Garderobenschrank versteckt hielt. Er hatte die Rückseiten aller möglichen Müslipackungen studiert und entdeckt, dass Honigcracker viel Fett enthielten; und Fett, das hatte in dem Buch gestanden, hielt Tauben im Winter warm.)

- Räum das Zimmer auf. Lass nichts herumliegen, das auf einen Zimmergenossen hindeutet.
- Geh in die Schule (oder am Wochenende nach draußen, spielen). Verhalte dich unauffällig. Geh wieder nach Hause. Lass Picker rein.
- Picker läuft den Arm rauf, stellt sich auf meinen Kopf. Fühlt sich gut an. Picker untersucht das Zimmer. Picker fällt vom Comicstapel. Gelächter. Mit Picker Ball spielen. (Picker hockt auf dem Rand des Korbrings, wenn ich den Softball werfe. Wenn der Ball vorbeifliegt, pickt Picker danach. Manchmal erwischt er den Ball, bevor er durch das Netz fällt.)
- Runter zum Abendessen. Zurück ins Zimmer, wo Picker bereits schläft.
- Hausaufgaben machen, lesen, fernsehen. Zur Garderobe gehen, »gute Nacht, Picker« flüstern. Ins Bett gehen.

Der schwierigste Teil des Ablaufs war das tägliche Verlassen des Hauses: *Verhalte dich unauffällig.*

Wie sollte er sich unauffällig in einer Stadt verhalten, die Tauben umbrachte?

18

Verhalte dich unauffällig.

In seinem Zimmer, in der Schule, auf der Straße, sieben Tage in der Woche flüsterte er sich vor: »Verhalte dich unauffällig … Verhalte dich unauffällig …«

Aber wie sollte er sich unauffällig verhalten, wenn er doch wusste, dass es noch eine zweite Taube im Haus gab, eine goldene Taube, die nie von ihrem Platz auf dem Kaminsims aufflatterte? Wenn er wusste, dass es in dieser Stadt, in diesem Haus nur goldenen Tauben erlaubt war zu bleiben? Wenn er wusste, dass er ein so großes Geheimnis mit sich herumtrug?

Verhalte dich unauffällig.

Er versuchte es. Das heißt, dass er den Mund hielt. Er hämmerte nicht mit dem Besteck auf die Tischplatte ein und rief dabei: »Ich hab eine Taube!« Sprang nicht im Unterricht auf und rief: »Ich hab eine *Taube*!« Warf nicht mitten auf der Straße die Arme in die Höhe und brüllte der ganzen Welt zu: »ICH HAB EINE TAUBE!«

Nichts davon.

Aber eines Samstagmorgens sagte er zu seiner Mutter: »Ich glaube, ab jetzt werde ich mein Bett selber frisch beziehen.«

Seine Mutter stand auf einem Stuhl und wechselte eine Glühbirne aus. Kaum dass Palmer seinen Satz von sich gegeben hatte, verlor sie das Gleichgewicht und verdrehte die Augen. Palmer befürchtete, sie könnte vom

Stuhl stürzen. Sie sah auf ihn herab wie auf einen Fremden. »Würdest du das bitte wiederholen?«

Er wiederholte es.

Sie schraubte die Glühbirne fest. Sie stieg vom Stuhl und setzte sich.

»Ist das noch so ein Zeichen dafür, dass du für dein Alter weit entwickelt bist?«

Palmer nickte. »Genau. Ich brauch nicht mal mehr das Nachtlicht.«

Sie pfiff durch die Zähne. »Und was kommt als Nächstes? Ziehst du aus und suchst dir einen Job?«

»Ich wollte dir ja nur ein bisschen unter die Arme greifen«, sagte er freundlich. »Meinen Papierkorb werde ich auch selber ausleeren. Und mein Zimmer sauber machen.« Er tätschelte ihr den Kopf. »Das brauchst du jetzt nie wieder zu tun.« Er küsste sie auf die Wange und stiefelte davon.

Er konnte es geradezu spüren, dieses erstaunte Schweigen in seinem Rücken. Er war selbst erschrocken. War das noch er selbst? Aber er konnte sich nicht daran erinnern, wann er seine Mutter das letzte Mal geküsst hatte. Er war kein Kuscheltyp. Er verhielt sich *kein bisschen* unauffällig. Und langsam begriff er, wie weit er zu gehen bereit war, um sein Geheimnis zu schützen.

19

Nachdem die Sache mit seiner Mutter erledigt war, kümmerte Palmer sich um die Jungs.

Er entwarf Szenarien, die ihm den Schweiß auf die Stirn trieben. Es ist Nachmittag und die Jungs halten sich gerade im Hinterhof auf, als ... plötzlich Picker zur Landung auf das Verandadach ansetzt. Oder die Jungs kommen nachts in sein Zimmer, wie sie es schon einmal getan haben, und einer von ihnen ... macht die Tür zum Garderobenschrank auf.

Er spielte mit dem Gedanken, ihnen ohne Umschweife mitzuteilen, dass sie nie wieder sein Zimmer betreten dürften. Ihnen zu erzählen, dass es in seinem Zimmer von Läusen wimmelte oder dass ein Geist darin sein Unwesen trieb. Aber er wusste, dass das niemals funktionieren würde. Bohne zu verbieten, sein Zimmer zu betreten, war genauso nutzlos wie Picker zu verbieten, herumzupicken und seine weißen Kleckse zu hinterlassen.

Oder er könnte behaupten, dass seine Mutter sie nicht mehr in ihrem Haus sehen wollte (eine Lüge). Weil sie die Jungs nicht leiden konnte (keine Lüge). Doch ihnen das zu sagen fehlte ihm der Mut.

Also versuchte er einfach, ihnen keinen Anlass zu geben, ihn zu Hause zu besuchen. Am Samstag zum Beispiel kam Bohne auf die Idee, sie könnten alle bei Palmer zu Mittag essen. Das hatten sie schon ein paar Mal gemacht, wobei Bohne sich jedes Mal irgendeine Köstlichkeit aus dem Kühlschrank geangelt hatte. Palmer überlegte blitzschnell und erklärte, dass ihr Kühlschrank kaputtgegangen sei, Kakerlaken die Küche eingenommen hätten und es im ganzen Haus nur noch Thunfisch und Wasser gebe. Bohne glaubte ihm.

Ein andermal hatten sie draußen im Schnee gespielt, bis Bohne irgendwann meinte, ihm sei zu kalt. »Gehen wir zu Palmer«, sagte er. »Das nutzt nichts«, sagte Palmer. »Unsere Heizung ist kaputt.« Bohne sagte, das sei ihm egal, immerhin habe das Haus ja noch Wände und Türen. Also machten sie sich auf den Weg.

Palmer wollte kein Gegenargument einfallen. Erst als sie schon die Verandatreppe hinaufstiegen, deutete er plötzlich über die Straße und schrie: »Wir bombardieren das Haus vom Fischgesicht!«

Bis sie ihre letzten Schneebälle abgefeuert hatten, war Dorothy Gruziks Haus fast über und über weiß und Bohne hatte vergessen, dass er fror.

Es wurde zur Gewohnheit, Dorothy als Vorwand zu benutzen, um von sich selbst und seinem Haus abzulenken. Sobald die Jungs auch nur in die Nähe seines Häuserblocks kamen, schlug Palmer vor: »Lasst uns das Haus vom Fischgesicht bombardieren!«

»Lasst uns das Auto von den Fischgesicht-Eltern bombardieren!«

»Lasst uns das Fischgesicht bombardieren!«

Wenn kein frischer Schnee auf dem Gehsteig lag, brachten sie Kreide mit und malten Grimassen in die Felder von Dorothys Himmel-und-Hölle-Gitter. Sie überfielen sie auf dem Nachhauseweg von der Schule. Sie foppten sie und sie umzingelten sie. Manchmal bauten sie sich einfach mitten auf dem Gehsteig auf, wie menschliche Bäume, sodass sie gezwungen war, um sie herumzugehen. Dann stürmten sie voraus und verwandelten sich erneut in Bäume und sie musste wieder und wieder ausweichen, den ganzen Heimweg entlang. Bohne gab dem Spiel einen Namen: Stämme bauen.

Eines Tages war Dorothy nicht da. Sie war krank und zu Hause geblieben. Der Schnee war geschmolzen. Es gab keine Munition, um das Haus oder das Auto zu bombardieren. In jedem einzelnen Quadrat des Kreidegitters prangte bereits eine Grimasse.

»Ich friere«, sagte Bohne an Palmer gewandt. »Gehen wir zu dir.«

Und Palmer, dem keine Zeit zum Nachdenken blieb, hörte sich selbst sagen: »Nein, wir gehen zu dir!«

20

Palmer war noch nie bei Bohne gewesen. Er war bei Henry und bei Töle gewesen, aber noch nie bei Bohne. Fast hatte er begonnen zu glauben, dass Bohne mutterseelenallein lebte. Bohne sprach weder über seine Eltern noch über Brüder oder Schwestern oder irgendwie sonst über seine Familie. Palmer hatte außerdem zu glauben begonnen, dass Bohne allein in einem Schuppen oder, besser noch, in einer Höhle, irgendeinem Erdloch unten am Flussufer lebte.

Er war deshalb sehr überrascht, als Bohne seinem Vorschlag zustimmte. Und zehn Minuten später stellte er mit noch größerer Überraschung fest, dass Bohne nicht in einem Schuppen oder in einem Erdloch, sondern in einem richtigen Haus lebte. Einem schönen Haus noch dazu, wie es den Anschein hatte, mit Veranda und einem Türknauf aus Messing.

Töle drückte auf den Klingelknopf – das tat er immer, vor jedem Haus, auch vor seinem eigenen – und drinnen erklang ein zweitöniges Läuten.

Bohne zog einen Haustürschlüssel aus der Hosentasche und schloss auf. »Kommt rein«, winkte er. Drinnen sah Palmer sich sofort nach Anzeichen primitiven Herumhausens um – Dreck, Müllberge –, sah aber nur gepflegte Möbel, Teppiche, Bilder an den Wänden. Ein ganz normales Haus.

Bohne führte sie ohne Umwege in die Küche. »Ich zeig euch mal was.« Er zog einen Stuhl vor den Kühlschrank und stieg hinauf. Er öffnete das Eisfach und wühlte sich durch gefrorene Fertigmahlzeiten und Plastikbehälter. Aus dem hintersten Winkel des Eisfaches zerrte er ein Fertiggericht hervor, sprang vom Stuhl und legte die Packung auf den Tisch. Es waren Spagetti mit Fleischklößchen.

»Jam-jam«, machte Henry.

»Das werdet ihr mögen«, sagte Bohne.

Die Packung war größer als alle anderen, eine Familienpackung. Und sie war geöffnet. Palmer sah, dass der Verschluss mit einem Klebstreifen neu gesichert war. Bohne zog den Klebstreifen ab, sehr langsam und mit größter Vorsicht. Er sah auf und grinste sie der Reihe nach an. Er klappte den Deckel auf. Es waren keine Spagetti mit Fleischklößchen.

Alle drei Besucher wichen zurück.

Henry rief: »Igitt!«

Töle erholte sich als Erster. Er beugte sich vor. »Was ist das?«

Bohne schnappte nach dem Inhalt der Packung und knallte ihn Töle ohne Vorwarnung auf den Kopf. »Eine Bisamratte!«

Er warf sie auf den Tisch. Sie polterte wie ein Stück Holz. Sie war steif und flach und fast ganz schwarz. In einer Million Jahre wäre Palmer nicht auf die Idee gekommen, es könne sich um eine Bisamratte handeln. Baumrinde, hätte er angenommen, oder irgendwelches Treibgut aus dem Gully. Als er jetzt mit den anderen das Tier betrachtete, fielen ihm verklumpte Wellen auf, die einst Fell gewesen sein mochten, dann der nackte Schwanz, der entlang des Körpers festgefroren war.

»Wo hast du die her?«, fragte Henry.

»Panter hat sie mitgebracht«, sagte Bohne.

Palmer riss die Augen auf. »Ihr habt einen Panter?«

Töle und Henry lachten. »Das ist eine Katze«, sagte Töle.

Bohne versetzte ihm einen Schubs. »Er ist ein Panter!« Er schlug zum zweiten Mal mit der toten Bisamratte nach Töle, dann verfolgte er ihn um den Tisch herum und zur Küche hinaus.

Während Geschrei und Gepolter das Haus erfüllten, schob Henry sich dicht an Palmer und sagte mit weicher Stimme: »Panter ist ein Kater, der fieseste Kater der ganzen Stadt. Er lässt sich nicht streicheln. Ständig fängt er Vögel und Mäuse. Er beißt ihnen die Köpfe ab und dann legt er die Körper draußen auf der Treppe ab, als wären sie Geschenke. Bohne sagt, Panter hätte sogar mal ein Reh gerissen.« Er forschte in Palmers Gesicht. »Nimmst du ihm das ab?«

Palmer starrte verunsichert zurück – und der Hurrikan wirbelte zurück in die Küche, Töle, der schreiend und lachend um den Tisch jagte, Bohne, der die Bisamratte wie einen Tomahawk schwang.

Plötzlich blieb Bohne stehen. Er ließ den Kadaver auf den Tisch plumpsen. Er hob beide Hände wie Klauen vor sein Gesicht, krümmte die Finger zu Krallen. Er zog die Lippen zurück und fletschte die vielfarbigen Zähne. »Panter streift durch den Dschungel«, schnarrte er. »Panter pirscht sich an seine Beute heran. Er wartet, er schleicht …« Bohne tapste auf Zehenspitzen durch die Küche. »Er schlägt zu! Er verbeißt sich in den Hals!« Bohne hechtete auf Töles Rücken. Ein zentimeterlanges Stück Haut aus dem Nacken blieb zwischen Bohnes Technicolor-Zähnen zurück, als Töle sich aufheulend losriss und aus der Hintertür torkelte.

Draußen stieß Palmer zum ersten Mal auf Panter. Der

Kater trottete aus dem nahe gelegenen Weizenfeld auf den Hinterhof. Bohne rief: »Panter!« Der Kater miaute und zeigte seine messerscharfen Zähne. Er war gelb und sah ganz gewöhnlich aus, nicht größer als eine beliebige andere Katze. Doch Palmer fiel auf, dass keiner von ihnen, nicht einmal Bohne, sich herabbeugte, um den Kater zu streicheln, als der an ihnen vorbeistrich und ums Haus herum verschwand.

Bohne hob den Kadaver der Bisamratte wie eine Flagge über seinen Kopf, tönte »Und jetzt zum Fischgesicht!« und führte sie zum Gehsteig. Sie überquerten die Straße, als Bohne unvermittelt Halt machte. »Sondertrupp stillgestanden!« Er klopfte mit dem Knöchel gegen den Kadaver, er schüttelte enttäuscht den Kopf. »Wir müssen zurück.«

Zurück ins Haus. In der Küche steckte Bohne den Kadaver in die Mikrowelle. Er drehte den Regler auf eine Minute und volle Leistung. Als die Minute vorbei war, betastete er den Kadaver mit dem Finger. Er schnüffelte daran. Er gab ihm eine weitere Minute. Als die dritte Minute vertickte, hielt nur noch Bohne sich in der Küche auf. Die anderen waren draußen, schnappten nach Luft und versuchten den Geruch erhitzter, toter Bisamratte aus ihren Nasen zu vertreiben.

Schließlich kam auch Bohne nach draußen, eine Plastiktasche in der Hand. Auf dem Weg zu Dorothy Gruziks Haus ging Bohne einen halben Block voraus. Dort angekommen, trat er in Aktion, während die anderen sich hinter einem Auto versteckten, das einige Häuser entfernt geparkt stand. Palmer konnte sehen, wie Bohne in die Plastiktasche griff. Als er die Hand wieder daraus hervorzog, hielt er den Kadaver am Schwanz. Er griff noch einmal in die Tasche, diesmal brachte er einen Hammer zum Vorschein. Er nagelte den Kadaver am Schwanz an der Tür der Gruziks fest, drückte auf die Klingel und lief davon. Er warf sich im selben Moment hinter das Auto in Deckung, als die Haustür aufschwang. Eine Frau – Mrs Gruzik – tauchte auf.

Keiner von ihnen sah, was als Nächstes geschah, aber das war auch gar nicht nötig. Der Schrei ertönte, als sie sich gegen die Reifen des Autos drückten. Palmer hatte geglaubt, alle Schreie zu kennen. Er hatte jede Menge davon im Fernsehen oder bei irgendwelchen Ereignissen auf dem Sportplatz gehört. Doch was er jetzt hörte, war etwas anderes – es war echt – und es fuhr wie ein Schub eisiger Kälte durch seinen Körper.

Sie hörten, wie die Tür sich schloss. Als sie hinsahen, war der Kadaver verschwunden und Bohne und Töle warfen sich auf den Rücken, schmissen Arme und Beine in die Luft und kreischten vor grenzenloser Freude. Das war der Moment, in dem Töle senkrecht in den grauen Winterhimmel blickte und mit vom Gelächter ins Müde, fast Träumerische verwandelter Stimme sagte: »Hey, ist das da nicht 'ne Taube?«

21

Bohne sprang auf und sah nach oben. »Wo?«

Töle zeigte in den Himmel. »Da.« Er stand ebenfalls auf. »Jetzt ist sie weg.«

»In welche Richtung?«, fragte Bohne.

Töle hob erneut den Finger. »Da lang.«

Bohne rannte los.

In einer Gasse, nach einer halben Meile, holten sie ihn ein. Er hockte auf allen vieren und keuchte Wolken aus Wasserdampf in die Luft. »Hab sie verloren«, japste er. Er erhob sich, blieb aber gebückt stehen, wie ein Baseballfänger. Seine Augen suchten den Himmel ab. Dann wandte er sich an Palmer. »Die Taube ist über euer Haus geflogen.«

Alle sahen ihn an.

»Ich hab noch nie eine Taube in der Nähe unseres Hauses gesehen.« Palmer zwang sich zu einem Lachen. »Töle hat doch keine Ahnung. Das war bestimmt gar keine Taube. Bestimmt war es nur eine ganz normale Krähe.«

Töle stampfte mit einem Fuß auf. »Wohl war es eine Taube!«

Palmer zuckte die Achseln. »Und wenn schon. Wahrscheinlich ist sie in Richtung Süden geflogen. Welche Taube würde schon freiwillig in dieser Stadt bleiben wollen?« Er lachte.

»Eine *bescheuerte* Taube«, japste Bohne.

Alle lachten.

Palmer rief »Ich kauf eine Runde Bonbons für alle im Laden!« und lief die Gasse hinauf. Er achtete darauf, sie in gebührendem Abstand an seinem Hinterhof vorbeizulotsen.

Später, kaum dass die Tür zu seinem Zimmer hinter ihm ins Schloss gefallen war, sank Palmer schluchzend in sich zusammen. Den ganzen Tag über hatte er sich angespannt und unwohl gefühlt. Der Rattenkadaver. Mrs Gruziks Schrei. Die Entdeckung der Taube.

Er hörte ein Klopfen. Er öffnete das Fenster, und noch ehe Picker hineintrippeln konnte, ergriff er ihn und nahm ihn sanft zwischen beide Hände. Der Vogel sträubte sich ein wenig, versuchte aber nicht sich zu befreien. Palmers nasse Wange glitt über das seidene Federkleid. Er hob ihn hoch.

»Du *bist* eine dumme Taube. Weißt du denn nicht, dass niemand hier dich mag? Warum hast du dir nicht einen anderen Landeplatz ausgesucht?«

Als Palmer ihn freigab, flog der Vogel auf den Ring des Basketballkorbs, wo er sich niederließ, das Gefieder ordnete und dann, den Kopf stolz gestreckt, auf ihn herabsah, wie um zu sagen: »Weil es mir hier gefällt.«

Von diesem Tag an wurde Palmers Beziehung zu seiner Taube noch enger. Manchmal stahl er sich nach der Schule im allgemeinen Gewühl an den Jungs vorbei und nahm einen anderen Weg nach Hause, rannte, um noch vor Picker dort anzukommen. Einmal trafen Picker und er gleichzeitig ein und Palmer spürte, als er über den

Hinterhof stürmte, plötzlich die vertrauten Vogelfüße auf dem Kopf.

Er fragte sich, wo Picker sich tagsüber herumtreiben mochte. Flog er durch die Stadt, ohne die drohende Gefahr zu ahnen? Flog er in den Park? Und hielt er sich vom Fußballfeld fern? Flog er in andere Städte? Palmer wusste, was er sich Picker zuliebe wünschen sollte. Er sollte sich wünschen, dass Picker einen anderen Jungen in einer anderen Stadt fand, in einer Stadt, die ihn nicht schreiend verfolgen, in einer Stadt, die ihn nicht hassen, die ihn nicht abschießen würde. Aber Palmer brachte es nicht über sich, sich das zu wünschen.

Es gab Tage, da beobachtete er, wenn er Picker nach draußen und in den Morgen entlassen hatte, wie der Vogel auf dem Dach der Veranda sein Körnerfrühstück aufpickte. Das erledigt, ging Picker an den Rand des Dachs, trippelte auf die Regenrinne und erhob sich mit einem Gurren in die Luft. Aber er flog nicht sofort davon. Er schraubte sich in den Himmel und dann umkreiste er das Haus, einmal, manchmal zweimal. Palmer las in seinem Buch, Tauben würden dies tun, um sich den Ort einzuprägen, an den sie zurückkehren mussten. Palmer stellte sich lieber vor, dass sein Vogel ihn nur zögernd verlasse. Jedenfalls flog Picker dann davon und war schnell außer Sichtweite. Außerhalb von Palmers Zimmer verhielt er sich nie tollpatschig.

Obwohl die Jungs in den darauf folgenden Tagen oft vom Kadaver der Bisamratte und von Mrs Gruziks Schrei redeten und darüber lachten, hielten sie sich vom Haus der Gruziks fern.

Aber nicht von Dorothy.

Sie bombardierten sie weiterhin mit Schneebällen, bauten Stämme und piesackten sie auf jede erdenkliche Weise, wenn sie auf dem Weg zur Schule oder nach Hause war. Immer wieder rechnete Palmer mit Konsequenzen. Er dachte, dass ihre Eltern irgendwann bei ihm vor der Haustür stehen würden. Oder dass der Schulleiter verkünden würde, sie alle seien für eine Woche vom Unterricht ausgeschlossen. Oder dass Dorothy selbst in die Luft gehen würde. Als schließlich wirklich etwas geschah, war das etwas ganz anderes, als Palmer erwartet hatte.

22

Stämme bauen wurde unter den Schulkindern zu einem regelrechten Sport. Als den anderen Jungen auffiel, wie viel Spaß Palmer und seine Freunde dabei hatten, beschlossen sie, es sei nun auch für sie an der Zeit, etwas Spaß zu haben. Also suchten sie dieses oder jenes Mädchen aus, vor dem sie auf dem Nachhauseweg Stämme bauten. Von Zeit zu Zeit prallte die schwere Schultasche eines Mädchens gegen einen Baumstamm, doch nach einer Weile entdeckten auch die Mädchen den Spaß an der Sache und begannen nun ihrerseits, sich vor den Jungen aufzubauen. Nur Dorothy Gruzik bildete eine Ausnahme.

Bohne war der Erste, dem es auffiel. Eine Weile war er es zufrieden gewesen, Dorothy Gruzik einfach nur zu ärgern, sich selbst und seine Kumpel lachen zu hören. Jetzt wollte er mehr. Er wollte mehr von Dorothy. Er wollte, dass sie schrie oder lachte oder weinte oder um sich trat oder mit ihrem Ranzen um sich schlug. Oder ihn wenigstens böse anblitzte. Ein schöner böser Blick, das wäre genug für den Anfang. Wenn sie ihn nur nicht weiter mit Nichtachtung strafte.

Denn genau das tat Dorothy. Außer dass sie einen Bogen um die Jungs schlug, wenn sie sich ihr in den Weg stellten, nahm sie von ihrer Anwesenheit keine Notiz. Sie sah sie nicht einmal an. Um das endlich zu ändern, befahl Bohne den Jungs, Dorothy unmittelbar hinter dem Schultor abzufangen und nötigenfalls Stämme von dort bis zu ihrer Haustür zu bauen. Was sie auch taten. Sie würdigte sie keines einzigen Blickes.

Und schwerer machte sie es ihnen auch nicht. Sie hätte Abkürzungen über die Grundstücke anderer Leute nehmen, sie hätte in diesen oder jenen Laden ausweichen oder bei Bekannten klingeln können. Aber das tat sie nicht.

Bohne vergrößerte den Einsatz. Anstatt stumm und steif vor ihr herumzustehen, hampelte er jetzt mit Armen und Beinen. Er rollte die Augen und wackelte mit den Ohren. Er zog die Lippen zurück, sodass jeder einzelne verfärbte Zahn zu sehen war. Er grunzte und bellte und schnaubte und schrie ihr geradewegs ins Gesicht. Er fischte einen Löffel kalte Bohnen aus einer Konservenbüchse und ließ ihn ihr auf die Schuhe tropfen.

Die Jungs und alle übrigen Kinder überschlugen sich vor Lachen. Palmer hatte Bauchschmerzen vor Lachen. Dieser Bohne! Wie eine Marionette sah er aus, wenn er so vor Dorothy herumkasperte, den Kopf verdreht, ja selbst die Füße verdreht. Was für ein Witzbold!

Dorothy zuckte nicht einmal mit der Wimper. Sie sah sie nicht an.

Eines stürmischen Tages schlug Bohne ihr die Bücher aus dem Arm, Blätter stoben in alle Himmelsrichtungen davon und Dorothy rannte, um sie wieder einzusammeln. Dann, ein anderer Tag, riss er ihr die schlappige rote Mütze vom Kopf, setzte sie sich selbst auf und begann seinen albernen Kaspertanz vor ihr aufzuführen.

Der ganze Gehsteig brach in schallendes Gelächter aus. Selbst die Autos auf der Straße verlangsamten ihre Fahrt. Dorothy lächelte nicht. Sie machte keinen Schritt beiseite. Sie machte keinen Schritt zurück. Sie machte gar nichts. Sie ließ tags darauf nicht einmal ihre Mütze zu Hause.

In den folgenden Tagen konzentrierte Bohne sich auf die Mütze. Er schleuderte sie in hohem Bogen über die Straße. Er warf sie in eine Mülltonne. Er hängte sie an der Antenne eines Autos auf. Er nagelte sie an einem Telegrafenmast fest. Er wischte ein Fenster damit. Für Töle, Henry und Palmer, die sich nur noch aufs Zuschauen beschränkten, war es die tägliche Show-Einlage nach Schulschluss.

Jeden Morgen war die Mütze ein bisschen grauer, ein bisschen weniger rot und saß genauso fest auf Dorothys Kopf wie tags zuvor.

Töle sagte erstaunt: »Ich glaube, die findet es klasse, gequält zu werden.«

Bohne kochte.

Schließlich tat er das Einfachste von allem. Es geschah an einem Freitagnachmittag. Wie immer fing er Dorothy auf dem Nachhauseweg ab. Aber diesmal stellte er sich ihr nicht einfach in den Weg – er schob sich direkt vor sie. Er schob sich vor sie, bis bestenfalls noch ein Blatt Papier zwischen ihren Nasen Platz gefunden hätte. Das war kein Gekaspere, keine Grimassenschneiderei. Die Kiefer verbissen, mit brennenden Augen, starrte er ohne zu blinzeln in das nur Zentimeter entfernte andere Augenpaar – sollte sie es nur wagen, ihn nicht anzusehen. Es wagen, seinen nach Bohnen stinkenden Atem nicht zu riechen.

Jede Bewegung, jedes Lachen auf dem Gehsteig erstarb. Stunden schienen zu vergehen, in denen der Junge und das Mädchen bewegungslos dort standen, so dicht an dicht, dass man aus der Ferne vermuten konnte, sie küssten sich. Und jedem in der Nähe, und schließlich auch Bohne, wurde klar, dass sie ihn selbst jetzt, selbst auf diese Nähe, immer noch nicht – *immer noch nicht* – ansehen würde.

Und dann tat sie es.

Sie sprach.

Aber es war nicht Bohne, zu dem sie sprach. Es war Palmer LaRue. Sie trat einen Schritt von Bohne zurück und ging direkt zu Palmer und baute sich vor ihm auf und sagte: »Warum tust du mir das an?«

Und auf einmal war das Mädchen im roten Mantel mit der Schlappmütze kein Opfer mehr. Sie war Dorothy, in ihren Augen standen Tränen, und sie sagte zu ihm, zu ihm und zu niemand anderem sonst: »Warum tust du mir das an?« Und er wusste, dass es ihr während all der vergangenen Wochen doch etwas ausgemacht und sie getroffen hatte, und dass nicht Bohne, sondern er es war, der sie am tiefsten verletzt hatte.

Sie wandte sich von ihnen ab und ging, ohne sich die Mühe zu machen, ihre Tränen wegzuwischen, nach Hause.

Am nächsten Tag tauchte Picker nicht auf. Wie immer galt Palmers erster Blick, nachdem er die Tür seines Zimmers hinter sich geschlossen hatte, dem Fenster. Normalerweise sah er dort Pickers Silhouette, ein scharfrandiger schwarzer Scherenschnitt vor der goldenen, sonnenhellen Jalousie. Heute glich die Jalousie einer leeren Kinoleinwand. Nun, das geschah nicht zum ersten Mal. Manchmal war Palmer als Erster zu Hause.

Er warf Bälle in den Korb, schielte nach jedem Wurf zum Fenster und lauschte auf das Trippeln von Füßen auf dem Sims. Mit jeder verstreichenden Sekunde festigte sich seine Überzeugung, dass etwas nicht in Ordnung war, dass dies keine gewöhnliche Verzögerung war. Es war eher ein Gefühl als ein Gedanke, dass eine Verbindung zwischen Pickers Abwesenheit und Dorothys Worten bestand, diesen Worten, die ihn quälten und ihm einfach nicht aus dem Kopf gehen wollten.

Er schob die Jalousie hoch, öffnete das Fenster und sah nach draußen. Keine Spur von Picker. Weder auf dem Dach noch am Himmel. Und die Sonne stand bereits tief hinter den Häusern. So spät war Picker noch nie zurückgekehrt.

Er warf Bälle in den Korb. Er suchte den Himmel ab. Er sah auf seine Uhr. Der Geruch des Abendessens drang in sein Zimmer. Das Tageslicht schwand. Seine Mutter rief: »Palmer, Abendessen!« Er schlug mit der Faust auf das Fenstersims, er trat gegen sein Bett. In seinen Augen sammelten sich Tränen.

Er erzählte seinen Eltern, dass er sich für ein Unterrichtsprojekt in der Schule die Nachrichten ansehen müsse, und erhielt die Erlaubnis, in seinem Zimmer zu essen. Aber er bekam keinen Bissen hinunter. Ihm blieb nichts zu tun als zu warten und den Himmel zu beobachten und zu lauschen – und zu vergessen versuchen, wie sinnlos das Warten war. Denn er wusste, dass keine Taube der Welt nach Sonnenuntergang fliegt, und dass Picker, ganz gleich, wo er war, dort über Nacht bleiben würde.

Und wo konnte das sein? Hatte er sich verflogen? Eine andere Taube gefunden? Einen anderen Menschen? Hockte er gemütlich in einem anderen Garderobenschrank, in einer anderen Stadt? Oder lag er überfahren auf irgendeiner Straße, bewegungslos bis auf das Zittern einer einzelnen Schwinge, wann immer ein Auto an ihm vorbeijagte?

Hatte Panter, der gelbe Kater, ihn erwischt?

Er drosch mit beiden Fäusten auf seine Oberschenkel und heulte frustriert auf. Er wollte etwas tun, aber was? Was tat man, wenn eine Taube nicht nach Hause kam? Er ging nach draußen auf den Hinterhof. Er stand in der kalten Nacht, den Blick in den Himmel gerichtet, und rief leise.

»Picker ... Picker ...?«

Von der Welt aus Sternen und Dunkelheit kam keine Antwort.

Vor dem Kaminsims wisperte er dem goldenen Vogel zu: »Wo ist meine Taube?«

Der goldene Vogel schwieg.

An diesem Abend konnte er kaum einschlafen. Schließlich schlich der Schlaf sich auf Zehenspitzen in sein Zimmer und ehe er es sich versah, träumte er von einem Klopfen, einen grausamen Traum von einer Taube, die gegen sein Fenster klopfte. Nur dass dies kein Traum war, denn Tageslicht strömte durch die halb heraufgezogene Jalousie in sein Zimmer, und da war Picker, der gegen die Scheibe klopfte. Als Palmer das Fenster öffnete, hüpfte Picker wie gewohnt auf seine Hand – und senkte den Kopf und versetzte seinem Ohr einen schmerzhafteren Pick als sonst, wie um zu sagen: »Wer hat dir eigentlich erlaubt, ohne mich aufzuwachen?«

Kein Weihnachtsmorgen hätte schöner sein können

als dieser. Es war Samstag, sie konnten also spielen, so lange sie wollten. Palmer behielt den Vogel bis zum Mittag im Zimmer. Dann klopfte Picker, der offensichtlich nach draußen wollte, gegen die Innenseite des Fensters. Palmer ließ ihn nur höchst ungern gehen, wusste aber, dass ihm keine Wahl blieb.

Als er das Fenster geöffnet hatte und Picker davonfliegen sah, wusste er noch etwas anderes: Er konnte das nicht länger für sich behalten. Er musste sein Geheimnis jemandem anvertrauen.

Warum tust du mir das an?

Er stürmte die Treppen hinunter, zur Tür hinaus und über die Straße, ohne Mantel, ohne die Kälte zu spüren. Er klopfte an ihre Tür. Er drückte auf die Klingel. Von drinnen hörte er ihre Schritte und ihre Stimme, die rief: »Ich geh schon.«

Die Tür schwang auf. Wärme und Licht schwappten ihm entgegen. Dorothy lächelte. Sie freute sich ihn zu sehen.

Er zögerte keinen Augenblick. Er sagte: »Ich habe eine Taube.«

FEDERGESTÖBER

23

Bohnes Mutter – Palmer musste gegen die Versuchung ankämpfen, sie »Mrs Bohne« zu nennen – war eine völlig normal aussehende Frau, deren Zähne so weiß waren wie der Zuckerguss auf der Torte zum zehnten Geburtstag ihres Sohnes. Sie fuchtelte wie ein Dirigent herum, ließ sie alle ein heiseres »Happy Birthday« anstimmen und tischte Riesenportionen Eiskrem auf.

Kaum dass Bohne seine Geschenke aufgerissen hatte – ein Baseball von Palmer, ein Taschenmesser von Henry, eine Konservenbüchse mit gebackenen Bohnen von Töle –, rief Töle: »Die *Behandlung*! Die *Behandlung*!« Und drängelte Bohne nach draußen. Die Bande jagte die Straße in Richtung Farquars Haus hinauf.

Töle hämmerte gegen die Haustür. »Farquar!«

Keine Antwort. Sie liefen um das ganze Haus herum, Töle trommelte gegen jede Tür und jedes Fenster in Reichweite. Er breitete die Arme aus.

»Niemand zu Hause.«

Und dann geschah etwas Seltsames.

Bohne, anstatt sich erleichtert zu zeigen, sagte: »Gehen wir ihn suchen«, marschierte los und suchte nach seiner *Behandlung*.

»Du bist verrückt«, sagte Henry, der wie alle normalen Kinder die *Behandlung* verabscheute. Henry musste jedes Mal vor Farquar gezerrt werden. »Warum bist du so scharf darauf?«

»Weil ich erst richtig zehn bin, wenn ich die *Behandlung* gekriegt habe«, sagte Bohne.

Auf gewisse Weise hatte er damit Recht. Unter den vier Freunden herrschte das übereinstimmende Gefühl, dass weder ein Datum noch eine Torte einen Geburtstag ausmachte, wenigstens nicht offiziell. Um ihn offiziell zu machen, musste der Arm den stechenden Schmerz von Farquars Fingerknöchel spüren. Es war ein Dilemma: Man wollte ein Jahr älter sein, man wollte die *Behandlung* nicht, aber das eine war ohne das andere nicht zu haben. Was einem zumindest ein wenig den Schwung raubte. Dieses eine Mal im Leben hatte man es nicht besonders eilig.

Aber Bohne hatte es eilig, scheuchte sie durch die Stadt, suchte die Stellen auf, an denen Farquar sich normalerweise aufhielt, klopfte bei dessen Freunden an die Tür, rief seinen Namen. Anfangs schien Bohne nur angespannt, dann wurde er richtig wild, als ob er, wenn er Farquar nicht fand, dazu verdammt sei, für immer und ewig neun Jahre alt zu bleiben.

Schließlich fanden sie Farquar auf dem Sportplatz, wo er mit einem Fußball herumbolzte. Während Bohne, Töle und Henry vorausstürmten, fiel Palmer etwas zurück. Der Tag hätte nicht schöner sein können. Der Himmel war blau, die Luft angenehm warm. Aus der Ferne ertönte das Klatschen von Baseballschlägern. An den Zweigen der umstehenden Bäume reihten sich frische Blattspitzen wie blassgrünes Popcorn. Büschel von Honiggras schoben sich aus dem Fußballfeld und erfüllten die Luft mit ihrem süßen Geruch. Doch der Geruch, der Palmer in die Nase stieg, war der Geruch von Pulverdampf. Seine Fußsohlen vibrierten, als er über den Boden ging, der den Sturz von Tausenden auffing.

Bohne stand die Erregung ins Gesicht geschrieben, er empfing die *Behandlung* mit glänzenden Augen. Als Farquar fertig war, bemerkte er, dass sich in Bohnes Zügen kein Schmerz spiegelte. Stirnrunzelnd musterte er seinen berüchtigten Knöchel. Er beugte sich vor, um Bohne direkt ins Gesicht sehen zu können. »Geht's dir gut?«, sagte er.

Bohne warf beide Arme in die Luft, als wäre nicht gerade eben einer davon malträtiert worden. »Mir geht's bestens!«, rief er. »Ich bin zehn!« Er machte ein paar Schritte zurück, bis er auf dem freien Platz stand. Kein Vogel sang in den Bäumen, kein Flügel schwang flatternd vor dem Himmel. Bohne ballte beide Hände zu Fäusten und streckte die Arme aus. Das Grinsen auf seinem Gesicht verrutschte, seine Zähne wurden sichtbar, seiner Kehle entrang sich ein knacksendes Geräusch, die beiden Fäuste verdrehten sich gegeneinander. Er krähte: »Und ich bin ein Halsumdreher!«

Palmer bebte. Sein eigener Geburtstag war in drei Monaten.

24

Als Palmer an diesem Tag nach Hause kam, war Dorothy in seinem Zimmer und warf Körbe mit dem Softball.

»Ich hab deine Mutter gefragt, ob sie mich reinlässt«, sagte sie, »damit ich Basketball spielen kann.«

Palmer zog die Nase hoch. »Stimmt nicht. Du bist wegen Picker hier.« Er spähte zum Fenster. Die Taube musste jeden Augenblick nach Hause kommen.

Dorothy lachte und warf Palmer den fast gewichtlosen Softball an den Kopf. »Halt mich, halt mich, halt mich auf«, knurrte sie, schnappte sich den Ball, und plötzlich sprang sie ihm entgegen, an ihm empor, waren ihre Knie auf der Höhe seiner Brust, als sie den Ball in den hoch angebrachten Korb drückte und schrie: »Kopf nach unten, Füße raus!«

Sie lachte und ließ den Ball von seiner Nase abprallen. Als er sich von seinem Schreck erholt hatte, ging Palmer auf das Spiel ein, sie warfen einander abwechselnd den Ball zu und gackerten dabei wie zwei junge Hühner.

Es überraschte Palmer nicht, Dorothy in seinem Zimmer vorgefunden zu haben. Seit er ihr von Picker erzählt hatte, war sie schon oft hier gewesen. Seine Mutter, hocherfreut darüber, dass Dorothy wieder Anteil an seinem Leben hatte, behandelte sie wie eine Tochter.

Was die Bohnenbande anging, wie die Jungs sich inzwischen manchmal nannten, so war ihnen irgendwann im Frühling die Lust vergangen, Dorothy weiterhin zu ärgern. Sie beachteten sie kaum noch. Trotzdem kam sie nie herüber, wenn die Jungs hier waren. Und wenn sie Palmer mit der Bande in der Schule sah, tat sie, als kenne sie ihn nicht. Palmer spürte, dass sie sich ihm zuliebe so verhielt.

Dorothy setzte sich auf den Rand von Palmers Schreibtisch. »Also, wie war die große Party, *Rotzie*?«, sagte sie spöttisch.

Palmer zuckte die Achseln. »War okay.«

»Und was für eklige Sachen habt ihr diesmal gemacht, du und deine Freunde? Habt ihr tote Bisamratten gegessen, *Rotzie*?«

»Nein, haben wir nicht. Und nenn mich nicht Rotzie.«

»Warum nicht? So heißt du doch – *Rotzie* – oder, *Rotzie*?«

Wenn Dorothy so mit ihm sprach, wusste Palmer nie, ob sie es ernst meinte oder nicht. »Das ist nur mein Bandenname.«

»Echt schade, dass ich nicht auch zur Bande gehöre«, sagte Dorothy. »Wenn man bedenkt, was ich alles verpasse! Einen schönen neuen Namen. Tote Bisamratten. Leute auf dem Weg zur Schule ärgern. Mütter zum Schreien bringen. Die Behandlung an meinem Geburtstag.« Sie rollte einen Ärmel hoch und zog eine Schnute. »Sieh dir das an, Rotzie, kein einziger blauer Fleck. Ich will einen schwarzblauen Arm! Ich will alles nur noch mit einer Hand machen können. Ich will Schmerzen.«

Palmer ballte eine Hand zur Faust, die Fingerknöchel

traten hervor. Mit einem tückischen Grinsen ging er auf sie zu. »Kannst du haben –«

Dorothy kreischte und sprang vom Schreibtisch. Sie hetzten durch das Zimmer, Dorothy schreiend, Palmer lachend, und erst als sie endlich etwas leiser wurden, hörten sie das Klopfen.

»Picker!«

Picker wurde hereingelassen und schwang sich, wie gewöhnlich, sofort auf Palmers Kopf. Das hatte eine Beschwerde von Dorothy zur Folge. »Er kommt nie auf meinen Kopf! Ich will, dass er auch auf meinen Kopf kommt.«

»Halt still«, sagte Palmer. Er beugte sich zu Dorothy vor, bis seine und ihre Stirn sich berührten. »Geh schon, Picker, geh zu Dorothy.«

Der Vogel machte keine Anstalten, sich von seinem Stammplatz zu entfernen.

Dorothy stampfte mit dem Fuß auf. »Mensch!«

»Wart mal kurz«, sagte Palmer aufgeregt. Er setzte Picker auf den Ring des Basketballkorbs, lief aus dem Zimmer und war eine Minute später wieder zurück. »Picker findet Ohren klasse. Besonders dann, wenn etwas drinsteckt. Neulich hatte ich Ohrenschmerzen und eins von denen hier drin.« Er hielt einen Wattepfropf hoch. »Er hat ihn ständig rausgepickt.«

Dorothy nahm den Wattepfropf und steckte ihn sich ins linke Ohr. »Juhu, Picker«, rief sie, »guck mal, was ich im Ohr habe.« Sie stellte sich in die Mitte des Zimmers. Ohne zu zögern flog Picker auf ihren Kopf, beugte sich hinunter und pickte den Wattepfropf aus dem Ohr. Er flog damit zum Korb zurück und ließ ihn durch das Netz fallen.

Palmer und Dorothy jubelten. »Zwei Punkte!«

Palmer hob den Softball auf, machte damit einen *slamdunk* und streckte Picker das Kinn entgegen. »Ausgleich, Vogel!«

Picker nickte und zwackte ihn in die Nase. Dorothy bog sich vor Lachen.

Sie lachten und spielten Ball, als Palmer mit einem Distanzwurf vom Bett aus sagte: »Magst du eigentlich meinen Vater?«

Dorothy sah zu, wie der Ball von der Tür zurückprallte. »Was ist denn das für eine Frage?«

»Magst du ihn?«

»Klar, warum?«

»Findest du, dass er nett ist?«

»Ja, du etwa nicht?«

Palmer dachte kurz nach. »Doch. Ich glaube, genau das ist das Problem.«

Dorothy verdrehte die Augen. »Du redest nur sinnloses Zeug. Was für ein Problem?«

»Der goldene Vogel.«

Dorothy warf den Ball nach ihm. »Wie wäre es, wenn du ganz von vorn anfängst?«

Palmer sah zu ihr hinüber. Sie saß auf seinem Schreibtisch. Braune Haare, mit einem Gummi zu einem Pferdeschwanz zusammengefasst. Hellblaues T-Shirt. Jeans. Schwarzweiße Turnschuhe, die über dem Boden baumelten. Dieselbe Dorothy von gegenüber, die er schon sein ganzes Leben lang kannte.

Und doch auch wieder nicht Dorothy. Obwohl sie so aussah wie immer, war Palmer erst kürzlich aufgefallen, dass etwas sich verändert hatte. Was auch immer das war, entzog sich dem Blick, es war eher ein Gefühl. Besonders deutlich merkte er es daran, dass dieses Gefühl ausblieb, wenn er mit irgendjemand anderem als Dorothy zusammen war. Es war ein Gefühl wie Dahintreiben.

Im vergangenen Sommer hatte Palmers Mutter darauf bestanden, dass er Schwimmen lernte. In der ersten Stunde war es darum gegangen, einfach nur auf dem Wasser zu treiben. Der Schwimmlehrer hatte ihm erklärt, wie man den Kopf in den Nacken legte und die Füße vom Boden löste, um sich auf dem Rücken liegend vom Wasser tragen zu lassen. Für Palmer hatte das keinen Sinn ergeben. All seine Erfahrung hatte ihn gelehrt, dass das Loslösen vom Boden ihn fallen oder, wenn er sich im Wasser befand, untergehen lassen würde.

»Entspann dich«, hatte der Schwimmlehrer wiederholt gesagt. »Vertraue dem Wasser. Es hält dich schon oben.«

Aber es gelang Palmer nicht, dem Wasser zu vertrauen. Viele Tage lang gelang es ihm nicht. Schließlich, nachdem der Schwimmlehrer versprochen hatte, ihn nicht untergehen zu lassen, versuchte er es. Der Lehrer stützte seinen Rücken und Palmer beugte sich zurück, zurück, bis er das Wasser im Nacken, dann über seinen Ohren spürte. Die Hände des Lehrers drückten ihn sanft nach oben, Palmers Füße verließen den Grund des Schwimmbeckens.

»Leg dich hin ... entspann dich«, sagte der Lehrer. »Tu so, als wäre das Wasser dein Bett. Vertraue ihm.«

Er legte sich auf den Rücken und versuchte zu vertrauen. Über ihm war das Gesicht des Schwimmlehrers, dahinter der unendliche, blaue Himmel. Und dann war das Gesicht des Lehrers verschwunden, war dessen Hand verschwunden und seine Stimme sagte: »Du treibst.«

Dorothy löste bei Palmer dasselbe Gefühl aus. Er wusste, dass er loslassen konnte und dass sie ihn halten würde.

Seine Augen füllten sich mit Tränen. *Er ließ los.* »Ich will kein Halsumdreher sein. Aber alle anderen sind Halsumdreher, wenn sie zehn geworden sind, und ich werde in einundsiebzig Tagen zehn, und dann muss ich auch Halsumdreher werden, obwohl ich es nicht will. Stimmt irgendwas nicht mit mir? Alle wollen Tauben umbringen, nur ich nicht. Was ist bloß mit mir los?«

Er ließ nichts aus. Er erzählte von all den Gedanken und Gefühlen, die ihn jahrelang beschäftigt hatten. Er erzählte von Dingen, an die gedacht zu haben ihm gar nicht bewusst gewesen war, bis er sie jetzt aus seinem eigenen Mund hörte. Er erzählte ihr, wie sehr er den goldenen Vogel hasste, die Trophäe, die sein Vater eines Jahres dafür gewonnen hatte, die meisten Tauben abgeschossen zu haben. Er sagte ihr, wie sehr ihn das verwirrte. Wie konnte ein Mensch gleichzeitig Taubentöter und liebender Vater sein?

Er entschuldigte sich dafür, beim Stämmebauen mitgemacht und sie mit Schimpfworten beworfen zu haben. »Du siehst überhaupt nicht aus wie ein Fisch«, sagte er. »Oh, vielen Dank«, sagte sie. Er entschuldigte sich dafür, dass er sie nicht zu seinem letzten Geburtstag eingeladen hatte. Er entschuldigte sich für die tote Bisamratte. »Meine Mutter hat am ganzen Leib gezittert«, sagte sie.

Er erzählte ihr von Bohnes Geburtstagsfeier und von der Nacht, in der sie zu ihm gekommen waren und ihn zum alten Bahnhof und den Holzverschlägen mit den Tauben gebracht hatten. Er erzählte ihr davon, wie Picker über ihn und die Jungs hinweggeflogen war, wie beängstigend es war, der einzige Mensch in dieser Stadt zu sein, der eine Taube besaß. Er erzählte ihr, wovon er nachts träumte, dass er sich manchmal wünschte, der Bande nie beigetreten zu sein, und wieder und wieder beteuerte er, dass er wirklich, ganz wirklich kein Halsumdreher werden wollte.

Dorothy ließ sich vom Schreibtisch gleiten. Sie durchquerte das Zimmer, stellte sich vor Palmer und sah ihm direkt in die Augen. »Dann lass es«, sagte sie. Aus ihrem Mund klang das so einfach.

Palmer kicherte. Er erhob sich vom Bett und kickte den Ball durchs Zimmer. »Ja, lass es. Du hast gut reden, du bist ja kein Junge. Du bist nicht mit der Angst davor groß geworden, irgendwann zehn Jahre alt zu werden.«

»Ich hab eine Idee«, sagte Dorothy begeistert. »Warum lässt du die zehn nicht aus und wirst gleich elf? Oder sagst allen, deine Geburtsurkunde wäre eine Fälschung und du hättest gerade rausgefunden, dass du schon einundzwanzig bist?«

Palmer stampfte so heftig mit einem Fuß auf, dass Picker erschrocken vom Basketballkorb flatterte. »Das ist nicht witzig!«

Dorothy zuckte die Achseln. »Na ja, meine ernst gemeinte Antwort hat dir ja nicht gefallen – wenn du kein Halsumdreher sein willst, dann sei eben keiner.«

Palmer kreischte: »Es geht aber nicht!« Picker landete auf dem Bettgestell. »Jeder ist ein Halsumdreher. Du *musst* Halsumdreher werden. So ist das schon immer gewesen. Du hast davon keine Ahnung, du bist ein Mädchen. Glaubst du etwa –«, er zog eine Grimasse vor ihrem Gesicht, »– ich könnte der einzige Junge in der Geschichte der Stadt werden, der mit zehn kein Halsumdreher war? Und wie kommst du darauf –«, sein Zeigefinger stach auf sie zu, »– wie kommst du darauf, Bohne würde mich jemals damit davonkommen lassen? Sie würden mich aus dem Bett zerren und in den Park schleifen. Sie würden *mir* den Hals umdrehen.«

Von ihrem Platz auf dem Bett musterte Dorothy den drohenden Zeigefinger. Sie griff danach und zog Palmer zu sich heran, bis sein Gesicht nur noch Zentimeter von ihrem entfernt war. Dann packte sie ihn bei den Ohrläppchen und zog ihn noch dichter an sich. Sie grinste breit. Sie küsste ihn auf die Nasenspitze und lachte.

Für einen Augenblick erstarrte Palmer, dann brach auch er in Gelächter aus. Den Rest des Nachmittags lachten sie und spielten mit Picker.

25

Fast sein ganzes Leben lang hatte Palmer LaRue das Gefühl gehabt, am Rande eines schwarzen, abgrundtiefen Lochs zu stehen. Am neunundfünfzigsten Tag vor seinem zehnten Geburtstag stürzte er hinein.

Die letzten Osterglocken standen wie Trompetenbläser in den Vorgärten, als die Jungs an einem sonnigen, wolkenlosen Tag die Schule hinter sich ließen. Es war ein Tag, an dem alles möglich schien und sich nur das Problem stellte, welche der ungezählten Möglichkeiten man nutzen sollte. Bohne wollte zum Bach, um dort Salamander zu fangen. Töle hatte Lust auf ein Wurfgefecht mit Steinen. Henry wollte unbedingt Baseball spielen. Und Palmer, Palmer konnte oder, besser gesagt, wollte sich für nichts entscheiden. Er wollte es einfach genießen: den klaren Frühlingstag, die Gesellschaft seiner Freunde. Es gab nichts, das er tun wollte – er wollte einfach nur sein. Nur hätte er dieses Gefühl weder sich selbst und noch viel weniger seinen Freunden erklären können.

An einer Straßenkreuzung blieben sie stehen. Jetzt musste entschieden werden, in welche Richtung es weitergehen sollte. Palmer war kurz davor, für Baseball zu stimmen, als plötzlich für einen winzigen Moment das Sonnenlicht erlosch, gerade so, als hätte man vor einer Glühbirne eine Buchseite umgeblättert. Dem folgte ein flatterndes Geräusch, das Gefühl von sich auf seinem

Kopf niederlassenden vierzehigen Füßen und das tiefkehlige Gurren einer bekannten Stimme. Palmers Gedanken jagten nach tausend Erklärungen für das, was gerade geschehen war, doch keine davon ergab einen Sinn: Picker war soeben auf seinem Kopf gelandet.

Drei Münder standen offen, sechs Augen von der Größe kleiner Planeten starrten ihn an. Bohnes Gesicht verwandelte sich in eine kreischende rote Maske: »Taube!« Hände streckten sich aus, Flügel schlugen, die vierzehigen Füße waren nicht länger auf seinem Kopf.

Palmer, der sofort wusste, dass er schauspielern musste, sah dem davonfliegenden Vogel nach. »Hey, komm her!«, rief er mit erhobenen Armen und lief los. »Hey, Vogel, komm runter!«

Die anderen rannten ebenfalls, schreiend und mit ausgestreckten Armen. Die Verfolgungsjagd endete erst hinter dem nächsten Block, wo der graue Flieger über den Dächern verschwand.

Als sie langsamer wurden, sprudelte es schon aus Palmer heraus. »Mann, habt ihr das gesehen? Unglaublich! Wo ist das Vieh hergekommen? Ich dachte, ich krieg einen Herzinfarkt. Seid ihr sicher, dass das eine Taube war? Was will denn eine Taube in dieser Gegend? Vielleicht war es eine Krähe. Ich fand, es sah wie eine Krähe aus, oder?«

»Es war eine Taube«, sagte Bohne. Seine Stimme klang gar nicht freundlich.

Palmer konnte Bohnes Blick nicht standhalten. »Echt?« Er tat so, als suche er den Himmel ab. »Wenn dieses Vieh mir jemals wieder zu nahe kommt –«, seine Faust zuckte durch die Luft, »– dann schlag ich es zu Brei.« Er bückte sich und ließ die anderen auf seinen Kopf sehen. Er wuschelte sich durch die Haare. »Hat sie mir auf den Kopf gekackt?«

Keine Antwort. Er richtete sich auf. Er wagte nicht sie anzusehen. Sie gingen schweigend nebeneinanderher. Er spürte ihre Blicke. Sein Herz hämmerte.

»Der Vogel gehört dir.« Bohnes Stimme, von hinten.

Palmer drehte sich um. Drei Meter hinter ihm waren sie stehen geblieben. Es fühlte sich an wie zehn Kilometer.

Palmer breitete die Arme aus und ging leicht in die Hocke, als wollte er von einem Sprungbrett springen. »*Was?*«

Töle zeigte auf ihn. »Die gehört *dir*, stimmt's? Darum ist sie auf deinem Kopf gelandet.«

»Und es war die, die damals in deiner Straße über uns weggeflogen ist«, sagte Bohne.

»Genau!«, krächzte Töle.

Palmer lachte auf. »Ihr spinnt! Warum sollte ich eine Taube haben? Ich hasse Tauben. Ich werde Halsumdreher. Ja, ich drehe ihnen die Hälse um. Ich mach sie zu Matsch.« Im Gully lag eine leere Getränkedose. Er trat darauf, mit aller Kraft, trampelte, so fest er konnte, zerquetschte sie, stampfte sie flach. Er hob sie auf, warf sie auf den Gehsteig und trampelte weiter darauf herum. »Zu Matsch! Zu Matsch! Ich hasse Tauben! Ich hasse sie alle!« Sein Blick suchte die starrenden, brennenden

Augen. Er ballte die Hände zu Fäusten, er brüllte: »Ich werde der beste Halsumdreher sein, den es jemals gegeben hat!«

26

Eine Stunde später war Palmer immer noch nervös. Er und Dorothy waren in seinem Zimmer. Er ging auf und ab und erzählte ihr, was geschehen war. Je erregter er wurde, desto schneller wurden seine Schritte. Picker verfolgte seine Bewegungen von einem Buchrücken herab wie der Zuschauer eines Pingpongspiels. Der Vogel hatte vor dem Fenster gewartet, wie immer, wenn Palmer nach Hause kam.

»Setz dich hin«, sagte Dorothy, die selbst auf dem Schreibtisch saß, »du machst mich ganz wuschig.«

»Ich kann nichts dagegen machen«, sagte Palmer. »Die hätten mich da draußen beinahe umgebracht.«

»Palmer, sie bringen Tauben in dieser Stadt um, keine Menschen.«

»Das denkst du! Du hast ja nicht gesehen, wie sie mich angeguckt haben! Und sag bloß nicht –«, seine Lippen formten die Worte *Tauben umbringen,* »– in seiner Nähe.« Er nickte in Pickers Richtung, der jetzt den Kopf schräg gelegt hatte, als würde er ihre Unterhaltung verfolgen.

»'tschuldigung«, sagte Dorothy. »Also, was hast du jetzt vor?«

Palmer streckte die Arme aus. »Ich *weiß* es nicht!« Er wandte sich an Picker. »Du blödes, dummes Spatzenhirn. Warum hast du das getan? Was soll ich jetzt bloß machen?« Als er nach Hause gekommen und Picker vor dem Fenster gesehen hatte, war er glücklich und unglücklich zugleich gewesen. Fast hatte er sich gewünscht, Picker wäre nicht wiedergekommen, dann hätte das Problem sich von selbst gelöst. Für einen Moment hatte er mit dem Gedanken gespielt, einfach die Jalousie herabzuziehen, im nächsten Moment hatte er sich dafür gehasst, so etwas auch nur gedacht zu haben, und hatte das Fenster aufgestoßen.

Er raufte sich mit beiden Händen die Haare, hockte sich auf den Boden und brüllte zu der Taube empor: »Was soll ich bloß *machen*?«

Pickers Antwort war ein gurrendes Geräusch.

»Du könntest ihm Flugwürfe beibringen. Verstehst du? F-L-U-G-Würfe!« Sie lachte über ihren eigenen Scherz. Palmer fand es kein bisschen witzig.

Dorothy hielt Palmers Eddingstift in einer, den Softball in der anderen Hand. Sie warf ihm den Ball zu. In großen schwarzen Buchstaben hatte sie PICKERS BALL auf die schwammige Oberfläche geschrieben.

»Du bist mir wirklich eine große Hilfe«, sagte Palmer.

Palmers Nervosität begleitete ihn bis in den Schlaf und erwachte mit ihm am nächsten Morgen, als sein Wecker ihn wie üblich an den Ohrläppchen zupfte. Er fütterte Picker nicht wie sonst auf dem Dach. Stattdessen breitete er Zeitungspapier auf dem Fußboden aus, auf das er die Honigcracker und ein paar übrig gebliebene Erbsen vom Abendessen des Vortages schüttete. Picker liebte Erbsen. Dann öffnete Palmer rasch das Fenster und scheuchte seine Taube in den Himmel.

Gut – was sollte er heute anziehen?

Er befürchtete, Picker würde ihn in seiner normalen Kleidung erkennen und nach der Schule womöglich wieder auf ihm landen. Er brauchte eine Verkleidung. Er suchte ein wenig herum. Dann fand er das langärmelige weiße T-Shirt und die dazugehörigen braunen Hosen, die er zur Hochzeit seiner Cousine Linda getragen hatte.

Er musterte sich im Spiegel. Er glich noch immer viel zu sehr Palmer LaRue. Er ging ins Erdgeschoss, wo seine Mutter alle Winterklamotten in einer Garderobe gestapelt hatte. Er holte seinen dicken, gefütterten, bis auf die Knie reichenden Mantel hervor, von dem sein Vater behauptete, der würde ihn sogar am Nordpol warm halten. Außerdem nahm er die gestrickte grüne Pudelmütze und – warum nicht – den schwarzweiß karierten Schal seines Vaters. Er steckte Mütze und Schal in die Manteltaschen und schlich sich gerade aus der Haustür, als seine Mutter rief: »Stopp!«

Sie kam auf ihn zu, blinzelnd, als wollte sie ihren Augen nicht trauen. »Was ist das?«, sagte sie, eine Hand auf dem gefütterten Mantel.

»Ein Mantel.«

»Das sehe ich. Es ist Mai. Es ist warm draußen.«

»Sie haben gesagt, später würde es kälter werden.«

»Nicht *so* kalt.«

»Na gut, guck, ich mach ihn auf.« Er zog den Reißverschluss runter. »Ich muss los, Mom, sonst komm ich zu spät.« Er lief durch den Vorgarten auf den Gehsteig, in der Hoffnung, seine Mutter würde ihn nicht zurückrufen. Sie tat es nicht.

In der Klasse klebte Palmers Blick auf der Uhr. Er wünschte sich, der Unterricht würde niemals aufhören. Er wollte nicht nach Hause gehen. Er fürchtete sich vor dem Klingeln der Schulglocke. Als es schließlich ertönte, ging er zu seiner Lehrerin und erklärte ihr, seiner Meinung nach müsste sie ihn nachsitzen lassen.

Sie lächelte ihn verunsichert an. »Und warum sollte ich das tun, Palmer?«

»Weil ich ungezogen war.«

Das überraschte sie. Palmer war nie ungezogen. »Davon habe ich gar nichts bemerkt.«

»Nur, weil Sie mich nicht erwischt haben.«

»Tatsächlich? Und jetzt willst du mir deine Untat beichten?«

»Ja.«

»Weil du dein Gewissen erleichtern möchtest.«

»Ja.«

»Verstehe.« Sie lächelte. Sie lehnte sich in ihrem Stuhl zurück. »Also, was hast du denn Ungezogenes getan?«

»Ich hab auf den Boden gespuckt.«

Ihre Augenbrauen rutschten nach oben. »Wirklich? Hier drin? In dieser Klasse?«

»Ja.«

»Und wann hast du das getan?«

»Ehm … nach der Mittagspause.«

Sie erhob sich. »Würdest du mir mal zeigen, wo das gewesen sein soll?«

Damit hatte Palmer nicht gerechnet. Er hatte nicht erwartet, dass ein Geständnis nach Beweisen verlangte. »Ich hab es aufgewischt«, sagte er.

Sie nickte, immer noch lächelnd. »Aha. Nun, das war brav von dir. Ich denke, dann ist die Sache erledigt. Du kannst jetzt nach Hause gehen.«

Palmer blieb stehen, den Blick fest auf die Lehrerin gerichtet. Er brachte es nicht über sich, nach draußen zu gehen. Er trat einen Schritt zurück, wandte sich zur Seite und spuckte auf den Boden. »Sehen Sie«, sagte er, »jetzt hab ich es schon wieder getan.«

Die Lehrerin keuchte. Jetzt lächelte sie nicht mehr. Sie ließ ihn ein Papiertuch holen und die Spucke aufwischen. Dann musste er hundertmal an die Tafel schreiben: Ich werde nie, nie, nie, nie, nie, nie, niemals wieder auf den Fußboden spucken. Fünf der *Nies* und das *Niemals* waren seine Idee. Er schrieb so langsam wie nur möglich.

Seine Lehrerin verließ mehrmals den Raum, während er schrieb. Irgendwann dazwischen tauchten die Jungs in der Tür auf.

»Was machst du da?«, fragte Bohne.

»Strafarbeit«, sagte Palmer.

Bohne beugte sich vor und starrte auf die Tafel. »Du hast auf den *Boden* gespuckt?«

»Jap.«

Den Jungs traten die Augen hervor.

»War es ein großer?«, fragte Töle.

»Ein echter Rotzer«, sagte Palmer.

Die Jungs fielen beinahe in Ohnmacht. Sie waren zutiefst beeindruckt.

»Hab fünf Minuten gebraucht, um ihn aufzuwischen.«

In diesem Moment hätte er sich zum Anführer und Präsidenten der Bande wählen lassen können.

Die Lehrerin kam zurück und die Jungs machten sich davon.

Von jetzt an wischte Palmer, wann immer die Lehrerin aus der Klasse ging oder gerade nicht hinsah, das eben Geschriebene wieder aus. Als sie schließlich ihre Sachen gepackt hatte, um nach Hause zu gehen, trat sie an die Tafel und zählte die Sätze. »Neun!«, rief sie aus. »Palmer, du schreibst wie eine Schnecke!«

»Ich mach schneller«, sagte er.

»Nein, du kannst jetzt aufhören. Ende der Strafarbeit.«

Palmer umklammerte die Kreide. »Ich glaube, ich sollte die hundert besser voll kriegen. Ich kann schon spüren, wie die Sätze wirken. Ich glaube, ich brauch die ganze Strafarbeit, damit ich nie wieder spucke.«

Die Lehrerin trat einen Schritt zurück. Ihr Gesichtsausdruck sagte: Krieg ich gleich eine volle Ladung ab?

Dann änderte sich der Ausdruck und wurde härter. »Palmer«, sagte sie mit fester Stimme, »ich bin mir ganz sicher, dass du nie wieder in diesen Raum spucken wirst. Jetzt leg die Kreide weg und geh nach Hause.«

Er legte die Kreide ab. Er nahm seinen Mantel und zog ihn an. Er zog den Reißverschluss hoch. Die Kinnlade der Lehrerin fiel herab, als er die Pudelmütze aus der Tasche zog, sie sich aufsetzte und sich dann den karierten Schal um den Hals wickelte und bis über die Nase zog. »Meine Mutter hat Angst, ich könnte mir die Grippe holen«, stieß er hervor und rannte aus der Klasse, bevor sie ihn aufhalten konnte.

Draußen rutschte ihm das Herz in die Knie: Die Jungs waren immer noch da. Auf dem Weg zur Schule hatten sie seinen Mantel kaum wahrgenommen, aber jetzt, nach der Verstärkung durch Mütze und Schal, brachen sie zusammen.

»Hey, Rotzie, wo ist der Schneesturm?«

»Du siehst aus wie ein bescheuerter Schneemann.«

»Meine Mom wollte das so«, erklärte er mit so viel Verachtung in der Stimme wie möglich. »Sonst würde ich die Grippe kriegen, sagt sie.« Er versuchte, dem Gespräch eine andere Richtung zu geben. »Was macht ihr überhaupt noch hier?«

Bohne glitt neben ihn und legte Palmer einen Arm um die Schultern. »Wir sind deine Kumpel, Rotzie. Du kriegst eine Strafe, also warten wir auf dich.« Sein Lächeln war so flach wie eine Zeichentrickfigur.

»Palmer –«, Henry war der Einzige, der ihn ab und zu

bei seinem richtigen Namen nannte, »– sag mal ehrlich, hast du *wirklich* auf den Boden gerotzt?«

Palmer sah ihnen allen in die Augen. »Ja. Hab ich doch gesagt, oder?«

Sie wussten nicht, ob sie ihm glauben sollten – auch wenn sie es gern wollten, wie Palmer feststellte –, und plötzlich ging ihm auf, dass sich damit eine wunderbare Gelegenheit bot, von Picker abzulenken. Er ging zurück zur Schule, zog mit dramatischer Geste die Tür auf und zeigte nach drinnen. Er zog an seinem Schal und grollte: »Geht doch und fragt Miss Kiner.«

Sie glaubten ihm. Er konnte es an ihren Gesichtern ablesen. Sie fielen über ihn her, tauschten Handschläge aus und riefen jubelnd seinen Namen.

Auf dem Nachhauseweg nervten sie ihn immer und immer wieder damit, die Geschichte noch einmal zu erzählen und, ganz besonders, den Ausdruck im Gesicht der Lehrerin zu beschreiben. Sie lachten und schlugen ihm auf den Rücken. Sie sagten, sie hätten niemals für möglich gehalten, dass er so etwas bringen würde. Entweder war es ihnen inzwischen gleichgültig geworden oder es fiel ihnen gar nicht mehr auf, dass er eingewickelt war wie eine Mumie.

27

Picker war an diesem Tag zu Hause, er wartete auf dem Fenstersims. Aber Palmer war zu erschöpft, um Erleichterung zu verspüren. Der anstrengende und verdrehte Tag hatte ihn in ein Wrack verwandelt. Er schaffte es gerade noch mit Mühe, sich zum Abendessen zu schleppen.

Die Sommerferien waren noch über einen Monat entfernt. Er konnte sich nicht vorstellen, es so lange auszuhalten.

Aber er schaffte es. Irgendwie gelang es ihm, Tag um Tag hinter sich zu bringen.

Jeden Morgen, wenn er das Haus verließ, stellten sich ihm zwei Probleme, und ganz gleich, wie er sie an einem Tag löste, standen sie ihm am nächsten Tag wieder im Weg:

1. Wie schaffte er es, unbemerkt von Picker von der Schule nach Hause zu kommen.

2. Wie schaffte er es, die Jungs nicht gegen sich aufzubringen.

Wie er bereits am ersten Tag herausgefunden hatte, musste er sich bloß in irgendwelche Schwierigkeiten begeben, um nach dem Unterricht in der Schule behalten zu werden und sich damit bei den Jungs beliebter zu machen. Also spuckte er an die Tafel, redete und lachte während des Unterrichts, zog Schuhe und Strümpfe aus, versteckte sich im Schrank, kitzelte andere Schüler und kitzelte, am letzten Montag vor den Sommerferien, sogar die Lehrerin.

»Palmer!«, kreischte sie. »Was ist bloß in dich gefahren?«

Diese Frage stellte sie ihm inzwischen seit geraumer Zeit. Langsam gingen ihm die Antworten aus. »Die Pubertät«, sagte er. Er wusste nicht, was das Wort bedeutete, hatte aber gehört, dass Teenager davon befallen wurden und deshalb durchdrehten, zumindest in den Augen der Erwachsenen.

»Schlechter Versuch«, sagte sie. »Du bist zu jung, um in der Pubertät zu sein.«

»Ich bin für mein Alter schon sehr reif«, sagte er.

»Wie du meinst«, sagte sie. »Dann bist du auch reif genug, die kommende Woche nach dem Unterricht nachzusitzen.«

Damit war er für den Rest des Schuljahres versorgt. Palmer zwang sich, nicht zu grinsen.

Dass er die Lehrerin gekitzelt hatte, machte Palmer zu einer Berühmtheit, nicht nur bei der Bohnenbande, sondern in der ganzen Schule. Plötzlich stand er in dem phantastischen Ruf, der Junge zu sein, der verrückte Sachen anstellte. Schüler fingen an zu lachen, wenn sie ihn nur auf dem Gang sahen. Sie spitzten ihn an, »irgendwas Ausgeflipptes« zu machen. Sie ließen ihn von ihren Pausenbroten essen.

»Du bist berühmt«, sagte Dorothy eines Tages, als sie bei ihm war.

»Ich weiß«, sagte Palmer kleinlaut, »dabei will ich es

gar nicht sein. Ich will gar niemand sein. Ich will unsichtbar sein. Wenn ich unsichtbar wäre, wäre Picker es auch.«

Dorothy begann aus irgendeinem Grund zu kichern. Sie hielt sich schnell eine Hand vor den Mund. »'tschuldigung«, sagte sie. »Ich sollte nicht darüber lachen, aber manchmal kann ich nicht anders. Ich muss mir dauernd vorstellen, wie du deine Lehrerin gekitzelt hast.« Ein weiteres Kichern platzte aus ihr heraus. »Das *passt* einfach nicht zu dir.«

Palmer warf die Hände in die Luft. »Ich weiß! Ich weiß! Und warte erst mal ab, was in zwei Tagen passiert.«

Dorothy riss die Augen auf. »Was denn?«

»Miss Kiner sagt, ich müsste am letzten Schultag nicht nachsitzen. Wenn der Unterricht vorbei ist, muss ich nach Hause gehen. Meine Mom lässt mich bei diesem Wetter garantiert nicht den Wintermantel tragen, deshalb hab ich Angst, dass Picker mich auf dem Nachhauseweg sieht.« Palmer durchschritt das Zimmer. »Den ganzen Tag hab ich Alpträume. Ich sehe Picker auf meinem Kopf landen und wie Bohne ihn bei den Beinen packt und –« Er konnte nicht fortfahren. Er ging zu Picker hinüber, der über die Buchrücken stolzierte.

»Was wirst du tun?«, fragte Dorothy.

Palmer streichelte Pickers glatten, glänzenden Kopf. »Eine Maske tragen.«

Dorothys Hand schoss vor ihren Mund. »O nein!«

»O doch!« Mit den Fingerspitzen kraulte er sanft Pickers Brustfedern. Er hatte entdeckt, dass Picker das mochte und so lange stillhielt, wie er damit weitermachte.

»Hast du denn eine Maske?«, sagte Dorothy.

»Meine Elefantenmaske.«

Dorothy quietschte. »Deine Elefantenmaske? Die von Halloween? Die mit dem Rüssel?«

»Genau.«

Dorothy umklammerte mit beiden Händen ihren Mund, als müsste sie sich übergeben. Ihre Wangen wurden rot, ihre Augen traten hervor. Sie stürmte aus dem Zimmer und knallte die Tür hinter sich zu. Palmer konnte die gedämpften Laute hören, die aus dem Treppenhaus erklangen. Hätte er es nicht besser gewusst, dann hätte er geglaubt, dass sie schluchzte.

Ein paar Minuten später kam sie zurück, wischte sich die Tränen aus dem Gesicht und bemühte sich, ernst zu bleiben. »Tut mir Leid«, sagte sie. Wie Palmer kraulte auch sie jetzt Pickers Brustfedern.

»Ich kann es gar nicht abwarten, dass die Schule endlich vorbei ist«, sagte Palmer.

»Ich weiß.«

»Andererseits will ich nicht, dass sie vorbei ist, weil es dann nicht mehr lange bis zu meinem Geburtstag ist.«

»Ich weiß.«

»Es ist alles total verrückt. Manchmal wird mir fast schwindelig.«

»Ich weiß.«

Ganz sanft, ganz sacht streichelten sie Pickers Federn. Ihre Finger berührten sich.

»Weißt du was?«, sagte Dorothy.

»Was?«

»Du bist ein Held.«

»Hä?«

»Was du alles anstellst. Wahrscheinlich bist du der frechste Schüler, den es an unserer Schule jemals gegeben hat. Und das machst du alles nur, um Picker zu retten.«

Palmer runzelte die Stirn. »Ich bin kein Held. Ich lebe nur in der falschen Stadt, das ist alles.«

Die Taube schien sie beide zugleich anzusehen, jeden von ihnen mit einem orangefarbenen Auge. Aus ihrer Kehle kam ein entferntes Murmeln.

»Hörst du das?«, sagte Dorothy. »Er sagt: Das fühlt sich *soooo* gut an.«

»Warum sollte irgendjemand ihn abschießen wollen?«, sagte Palmer.

»Keiner will das tun.«

Palmer sah sie an. »Aber warum würden sie es *tun* wollen?«

Dorothy starrte zurück. Ihr fiel keine Antwort ein.

Als er am letzten Schultag auf dem Nachhauseweg seine Elefantenmaske trug, deren Rüssel ihm bis zur Taille herabreichte, war Palmer eine Sensation. Die Maske aufzubehalten war ein Problem, weil zuerst Bohne und dann auch alle anderen am Rüssel zogen. Jedes Mal, wenn ihm die Maske vom Kopf rutschte, verbarg Palmer sein Gesicht hinter den Händen. Er stellte sich vor, wie Picker über ihm kreiste und ihn ausfindig zu machen versuchte.

Endlich war er zu Hause. Er ließ sich auf sein Bett fallen. Picker marschierte sein linkes Bein hinauf und das rechte hinunter. Die Füße des Vogels kitzelten ihn, aber Palmer war zu erschöpft um zu lachen. Aber lächeln konnte er, denn die Schule war vorüber. Endlich.

Eine andere Schule wartete schon auf ihn.

28

Am Montag hatte Palmer gerade zu Mittag gegessen, als es an der Tür klingelte. Es waren die Jungs.

»Gehen wir«, sagte Bohne.

»Wohin?«, sagte Palmer.

»Schule. Komm schon. In zehn Minuten fängt es an.« Bohne ergriff Palmer beim Handgelenk und zog ihn die Verandatreppe hinab.

Sollte das ein Witz sein?

»Schule?«, sagte Palmer. »Die Schule ist vorbei.«

»Diese Schule nicht.«

Sie liefen. Bohne hielt ihn noch immer beim Handgelenk.

Palmer befreite sich aus seinem Griff. »Was für eine Schule?« Sie liefen auf den Park zu. »Wohin gehen wir?«

In Bohnes Augen glomm ein Leuchten auf. »Halsumdreher-Schule.«

Palmer hatte das Gefühl, einen Schlag erhalten zu

haben. Er blieb ruckartig stehen. Plötzlich versagte seine Kehle ihm den Dienst. Er konnte nicht sprechen.

Alle waren stehen geblieben.

Bohne sagte: »Was ist los?«

Palmer krächzte: »Nichts.«

»Kommst du etwa nicht mit in die Halsumdreher-Schule, Rotzie?«, sagte Töle. Er klang höhnisch.

»Willst du nicht lernen, wie man eine Taube abmurkst?«, sagte Bohne. Er bewegte die Fäuste, als wringe er ein Handtuch aus. »Willst du nicht wissen, wie man ihnen den Hals umdrrrrrrreht?«

Henry sah zur Seite.

Bohnes Gesicht schob sich vor seines. »Du hasst Tauben doch auch, oder?«

Palmer nickte. »Klar.«

Töles Augen suchten den Himmel ab.

Bohne schlug ihm auf die Schulter. »Also, gehen wir.«

Sie rannten.

Das war das Schlimmste daran, das Rennen. Was tue ich hier bloß?, dachte Palmer, aber seine Beine rannten einfach weiter.

Auf dem Fußballfeld hatte sich eine Traube von Kindern um einen Mann versammelt, der eine rosafarbene Baseballkappe trug. Ein Mann, der zehn Jahre auf Palmer gewartet hatte. Der Herr der Tauben.

»Ihr stellt euch niemandem in den Weg«, sagte er, rief er, damit jeder ihn hören konnte. »Jeder Schütze hat fünf Schuss pro Runde. Zählt sie mit. Bis zum letzten Schuss rührt ihr euch nicht. Ihr bleibt hier stehen.« Er zeigte auf den Boden zu seinen Füßen. »Genau hier. Und wo habt ihr während all der Zeit eure Augen?«

»Auf Ihnen!«, piepste ein halbes Dutzend Stimmen.

Der Mann nickte. »Ganz genau. Wie ihr sicher schon bemerkt habt, bin ich kaum zu übersehen. Es wird garantiert niemand außer mir so eine hässliche Kappe tragen.«

Gelächter.

»Ihr lauscht also auf die fünf Schüsse und seht dabei zu mir, und wenn ich so mache –«, er zog die Kappe ab und winkte damit, »– ist das euer Zeichen. Ihr legt los. Schnell. Drei Mann. Wir bewegen uns immer in Dreiergruppen. Der Erste schnappt sich die leere Holzkiste und bringt sie –«, er zeigte auf die Stelle, »– hierher. Damit sie die nächsten fünf Vögel in ihr verfrachten können. Die anderen beiden laufen aufs Feld – und zwar *schnell*. Alles, was ihr tut, erledigt ihr *schnell* …« Er setzte sich die Kappe wieder auf. Sein Blick schweifte über die Gruppe. »Wie heißt das Zauberwort, Männer?«

Alle, Palmer eingeschlossen, schrien: »Schnell!«

Der Mann wartete eine Weile, bevor er flüsterte: »Warum?«

Stille. Dann erklang eine weiche, unsichere Stimme. »Weil es so viele Tauben sind?«

Der Mann schnippte mit den Fingern und deutete auf Henry. »Bingo. Es sind fünftausend Vögel, Männer, und wir haben nur einen Tag, um Dünger aus ihnen zu machen. Jeder tote Piepmatz bedeutet fünf Piepen für diesen Park hier. Irgendwer unter euch, der nicht in diesem Park spielt?«

Alle Hände blieben unten.

Er zuckte die Achseln. »Na bitte. Der Park gehört euch. Ihr tut das für euch.« Er sah auf die Gruppe. »Noch Fragen?«

Palmer hatte eine Million Fragen, stellte aber keine einzige. Weder er noch sonst jemand.

Der Mann nickte. »Gut. Dann zum letzten Punkt – das Halsumdrehen.«

Ein Jauchzen ertönte aus der Menge.

Der Mann hielt etwas in die Höhe.

Ein weiteres Jauchzen.

Das Etwas war grau, vielleicht ein großer, alter Socken. Er war kugelrund ausgestopft, bis auf einen schmalen Hals, der in einem Kopf von der Größe eines Golfballs endete.

»Eine Stunt-Taube!«, rief jemand.

Alle lachten.

Der Mann blickte ernst drein. »Lacht lieber jetzt. Am siebten August lacht niemand mehr. Es macht mir hier keiner irgendwelche Faxen. Jeder, der nicht voll und ganz bei der Sache ist –«, er drohte mit einem Finger, »– fliegt raus. Verstanden?«

Köpfe unter Baseballkappen nickten.

»Gut, dann los. Der Schütze ist also fertig. Ihr seid ein Team von drei Leuten. Einer ist schon losgezogen und holt die leere Kiste. Die beiden anderen – zack – raus auf den Platz. Was findet ihr dort vor? Drei Dinge. Ihr seht entweder fünf tote Vögel oder ihr seht fünf Zappler – das sind die angeschossenen Vögel – oder aber – und das wird der häufigste Fall sein – ihr seht eine Kombination von beidem. Es gibt eine Menge miserabler Schützen in dieser Stadt und ein paar echte Blindheinis, aber die meisten kreuzen irgendwo im Mittelfeld herum.«

Er hob einen Finger. »Kurze Zwischenfrage. Wenn man einen angeschossenen Vogel Zappler nennt, wie nennt man dann einen toten Vogel?« Er musterte die Gruppe, seine Augen blinzelten.

Jemand aus der vorderen Reihe sagte: »Abgekratzt?«

Der Herr der Tauben lachte. »Das war eine Fangfrage, Söhnchen. Die Antwort lautete tot. Tot ist tot. Dafür gibt es kein anderes Wort.« Er zauste dem Jungen mit einer Hand durch die Haare. »Also ... ihr seid auf dem Platz. Ihr sucht euch einen Vogel aus – natürlich nicht jeder denselben. Ich will keine Streitereien darüber, wer welchen Vogel kriegt. Das hier ist keine Ostereier-Suche.«

Gekichere.

»Gut. Ihr findet euren Vogel. Wenn er tot ist, okay. Ist er nicht tot, auch gut. In beiden Fällen schnappt ihr ihn euch und lauft zum nächsten. Ihr seid zu zweit und kommt mit fünf Vögeln zurück. An dieser Stelle hier gebt ihr sie ab. Wenn einer darunter ist, der noch lebt –«, sein Blick schwenkte von links nach rechts und erfasste jedes Gesicht, »– dreht ihr ihm den Hals um.«

Palmer hörte einen unterdrückten Kiekser, ansonsten herrschte Stille.

Der Mann hob das graue Ding über seinen Kopf. »Eine Hand hier, die andere hier, und ihr dreht sie in entgegengesetzte Richtungen. Fest und schnell. Wir sind nicht hier, um die Tiere zu quälen. Wir sind hier, um sie so human wie möglich zu töten. Fest und schnell. Mehr ist nicht nötig. Dann in den Abfallsack. Dann stellt ihr euch wieder hinten an. In der nächsten Runde holt ein anderer von euch den Holzkasten. Ihr wechselt euch ständig ab. Jeder kommt mal dran. Wie heißt das Zauberwort?«

»Schnell!«

Er sah auf sie herab. »Noch Fragen?«

Eine Stimme erhob sich aus der Menge. »Woher wissen wir, ob sie wirklich tot sind?«

Jemand rief: »Fühl ihnen den Puls!«

Das Blitzen in den Augen des Mannes brachte das Gelächter zum Verstummen.

Die Bäume schwiegen.

»Ihr werdet es wissen«, sagte der Mann.

Der Himmel war leer.

Der Mann klatschte in die Hände. »Okay, stellt euch in einer Reihe auf. Das hier ist ein Zappler.« Er hielt den grauen, ausgestopften Socken hoch. »Ich möchte, dass jeder von euch einen Schritt vortritt, ihm den Hals so umdreht, wie ich es euch vorgemacht habe, und dann verschwindet. Wir sehen uns am siebten August. Pünktlich um sechs Uhr morgens. Los geht's.«

Die Menge bildete eine Reihe. Palmer war drauf und dran, sich davonzustehlen, aber Bohne und Töle zogen ihn hinter sich her.

Während er in der Reihe stand und wartete, hatte Palmer das Gefühl, wieder vier Jahre alt zu sein und seinen ersten Taubentag zu erleben. Die angeschossene Taube mit der Schlagseite kam auf ihn zu und der graue, saure Geruch des Schießpulvers wurde von Atemzug zu Atemzug stärker.

Er löste seinen Blick vom Feld und betrachtete den Herrn der Tauben. Ihm fiel auf, wie intensiv der Mann jedem Kind, das vortrat und den Socken entgegennahm, in die Augen sah. Es hatte den Anschein, als sei der Mann auf der Suche nach Jungen, die ihm etwas vormachten, die eigentlich nicht hier sein wollten, nach Schwächlingen.

Und was würde der Mann tun, wenn er einen Schwächling entdeckte? Würde er *A-ha*! rufen und den Jungen unter dem Gejohle der Menge nach Hause schicken? Würde dieser Junge sich je wieder in der Stadt blicken lassen können?

Vor ihm drehten Bohne und dann Töle dem Socken den Hals um. Wie die meisten anderen Jungen waren sie voll bei der Sache und keuchten vor Anstrengung. Und jetzt hielt der Mann den Socken Palmer entgegen. Palmer nahm ihn entgegen.

Irgendwo aus der Nähe erklang Bohnes Stimme. »Dreh ihn um, Rotzie.«

Palmer fühlte den Blick des Mannes auf sich lasten. Er fragte sich, was er selbst wohl gerade für ein Gesicht machte. Würde der Mann *A-ha*! sagen?

Beinahe hatte Palmer erwartet, dass dem Socken rosige Füße und glänzende Federn wuchsen. Aber nichts geschah. Er wollte den anderen Halsumdreher-Schülern zurufen: Hey, wen wollen die hier eigentlich veräppeln? Das ist keine Taube. Wenn ihr wissen wollt, wie sich eine echte Taube anfühlt – fragt mich. Das hier ist nur ein Socken.

»Nun mach schon, Söhnchen«, sagte der Mann. »Fest und schnell.«

Palmer drehte den Hals um, fest und schnell. Er warf ihn dem Mann vor die Füße und marschierte davon.

Der Mann sagte kein Wort.

29

Palmer fing den gewichtlosen Basketball aus Schaumstoff auf. Er drehte ihn zwischen den Händen, um Pickers in breiten Strichen darauf geschriebenen Namen zu betrachten. Er warf den Ball zu Dorothy zurück. Picker gurrte von einer Gardinenstange zu ihnen herab.

»Wenn es nur ein alter Socken war«, sagte Dorothy, »warum machst du dir dann immer noch darüber Gedanken?«

Palmer marschierte auf und ab durch das Zimmer. »Ich mache mir Gedanken, weil ich in dreizehn Tagen zehn werde. Und achtundzwanzig Tage später ist das Familienfest. Und dann wird es kein Socken mehr sein.«

Für eine Weile fiel kein Wort. Picker flog auf den Basketballkorb. Palmer lief auf und ab.

Endlich sagte Dorothy: »Sag es ihnen.«

Palmer sah sie an. »Hm?«

»Sag es ihnen.«

»Sag ihnen was?«

»Du willst kein Halsumdreher sein. Also wirst du auch kein Halsumdreher sein.«

Palmer starrte sie an. »Wem soll ich das sagen?«

Dorothy starrte zurück. Plötzlich erschien ein Grinsen auf ihrem Gesicht, sie breitete die Arme aus. »Allen!«

Palmer blitzte sie böse an. Er höhnte: »Ja, klar.«

Dorothy sprang von ihrem Stammplatz auf Palmers Schreibtisch herunter. »Na gut«, sagte sie, »wie wäre es dann, wenn ich es ihnen sage?« Sie sprang zum Fenster. Sie riss die Jalousie hoch, lehnte sich nach draußen über das Verandadach und brüllte: »Hey, alle mal herhören, ich hab euch was mitzuteilen.«

Palmer zerrte sie in den Raum zurück und riss die Jalousie herab. Er baute sich vor ihr auf, das Gesicht rot angelaufen, schäumend vor Wut. Dorothy löste sich kichernd aus seinem Griff und ging zu Picker, um mit ihm zu spielen. Palmer drückte das Fenster zu und verriegelte es. Die Jalousie ließ er unten. Aber das kalte, feuchte Gefühl, soeben einen Blick in seine Zukunft geworfen zu haben, ließ sich nicht aussperren.

Als er sich wieder Dorothy zuwandte, lag ein schräges Grinsen auf ihrem Gesicht. »Also«, sagte sie, »wirst du mich dann dieses Jahr zu deinem Geburtstag einladen?«

Palmer sackte in sich zusammen. Das hatte er befürchtet. Bis jetzt war sein Leben in zwei Teile getrennt gewesen, eine Hälfte hatte er mit Dorothy verbracht, die andere mit den Jungs. Dorothy selbst unterstützte ihn dabei, indem sie ihm aus dem Weg ging, wann immer die Jungs sich in der Nähe aufhielten.

Vergangenes Jahr war es, abgesehen von dem Gemäkel seiner Mutter, einfach gewesen, Dorothy nicht einzuladen. Dieses Jahr aber war alles ganz anders. Dorothy war jetzt seine beste Freundin, der einzige Mensch auf der Welt, der Picker kannte. Wie konnte er sie nicht einladen?

Und wie konnte er die Jungs nicht einladen?

»Und?«, sagte Dorothy.

»Vielleicht feiere ich gar nicht«, sagte er.

Aber er wusste, dass er feiern würde. Weil die Jungs schon jetzt von kaum etwas anderem redeten. Weil sie es erwarteten. Und weil seine Strategie, den Sommer zu überleben, genau darauf beruhte: sich weiter gut mit ihnen zu stellen.

Was ihm immer schwerer fiel, denn in den letzten Wochen war Palmer bewusst geworden, dass er die Jungs, deren Gesellschaft er sich einmal wie sonst nichts auf der Welt gewünscht hatte, inzwischen fürchtete, Henry vielleicht ausgenommen. Sollten sie je herausfinden, dass er ein Verräter war, dann wäre die *Behandlung* durch Farquar gegen das, was sie ihm antun würden, ein Kinderspiel. Er stellte sich vor, wie sie ihn so lange quälten, bis er einwilligte, ihnen sein Haustier zu zeigen. Damit wäre Picker so gut wie tot.

Daher war, als seine Mutter ihn eines Tages während des Abendessens fragte: »Willst du dieses Jahr deinen Geburtstag feiern?«, Palmers Antwort ja.

Nach einer langen Pause sagte seine Mutter: »Gut, aber dann musst du Dorothy auch einladen.«

Palmer zuckte nur die Achseln und nickte. Einen um den anderen schleppenden Tag hinter sich zu bringen war manchmal so anstrengend, dass er sich abends ganz schwer und wie betäubt fühlte. Er wünschte sich, einfach schlafen gehen zu können und bis September nicht wieder aufwachen zu müssen.

Und dann, während sie gerade Salz auf eine Kartoffel sprenkelte, sagte seine Mutter ganz beiläufig: »Du weißt nicht zufällig, ob jemand seine Katze vermisst, oder?«

Palmer war sofort in Alarmbereitschaft. »Nein, warum?«

»Ach«, sagte sie, »in den letzten Tagen hat sich öfters eine hier herumgetrieben.«

Kroch da soeben eine Spinne seinen Rücken hinauf? »Wo herumgetrieben?«

»Im Hinterhof. Um den Garten herum. Gestern jedenfalls. Heute hab ich sie hier drinnen erwischt, sie war schon auf der Treppe.«

Palmers Herz wummerte gegen seinen Brustkorb. »Was für eine Farbe hatte sie denn?«

»Gelb«, sagte sie und griff wieder nach dem Salz.

Sie sagte noch mehr, aber er hörte schon nicht mehr zu. Er hastete durchs Treppenhaus nach oben und stürzte in sein Zimmer, wo ihm Picker, gesund und munter, zur Begrüßung auf dem Fußboden entgegenwatschelte. Er ließ sich auf die Knie sinken und hieb sich wieder und wieder mit der Faust auf den Oberschenkel.

30

Obwohl sie darauf bestanden hatte, bis zur letzten Minute dabei zu sein, war Dorothy bei Palmers Geburtstagsfeier nicht anwesend. Genauso wenig wie seine Mutter. »Ich überlasse es deinem Vater, dieses Jahr mit den Krawallbrüdern fertig zu werden«, sagte sie und verabschiedete sich zu einem Einkaufsbummel.

Die Jungs waren hingerissen. Sie hatten von der Statue für den besten Scharfschützen erfahren, Palmers Vater war für sie ein mindestens ebenso großer Held wie ein Kriegsgeneral. Immer wieder rannten sie ins Arbeitszimmer, um die Trophäe anzusehen und sie zu berühren.

Sie warfen mit Fragen nur so um sich.

»Ist das echtes Gold, Mister LaRue?«

»Wie viele Tauben haben Sie abgeknallt?«

»Dürfen wir Ihr Gewehr sehen?«

An der Kaffeetafel hielt Bohne eine Rede, in der es um ihn selbst, um seinen Hass auf Tauben und darum ging, wie viele Hälse er umzudrehen gedachte. Palmers Vater, der in der Küche Kerzen auf die Geburtstagstorte steckte, rief er zu: »Ich wette, Sie hassen diese Drecksvögel noch mehr als ich, stimmt's, Mister LaRue?«

Palmers Vater erschien im Türrahmen. Er sah Bohne direkt in die Augen. Er lächelte. »Nein«, sagte er, »ich hasse Tauben nicht. Hab ich noch nie getan.« Er ging zurück zur Torte.

Der leere Ausdruck auf Bohnes Gesicht verriet, dass

die Antwort zwar bis an seine Ohren gedrungen war, aber kein Stück weiter. Er rief: »Sie waren doch auch mal Halsumdreher, Mister LaRue, oder?«

»Stimmt.«

»Und Rotzie ist jetzt auch einer, oder? Oder?«

Die Antwort aus der Küche kam nach einer langen Pause. »Palmer muss das für sich selbst entscheiden. Das liegt ganz bei ihm.«

Palmer sah verblüfft zur Tür, während Bohne bereits mit einer Faust auf den Tisch donnerte und grölte: »Wo bleibt das Futter?«

Genau wie die anderen aß Palmer Kuchen und Eiskrem, aber er war nicht hungrig. Er öffnete seine Geschenke, empfand aber keine Freude darüber. An diesem Tag, den er seit einer Ewigkeit gefürchtet hatte, stand ihm der Sinn nach gar nichts.

Als alle »Herzlichen Glückwunsch!« brüllten, starrte Palmer den Mann an, der mit der Torte in den Händen das Zimmer betrat, und stellte sich vor, wie dieser Mann wieder und wieder den Abzug betätigte, während mehr und immer mehr grau gefiederte Picker vom Himmel stürzten.

Die Torte wurde ihm unter die Nase geschoben. Palmer stellte fest, dass er weder einzuatmen noch sich zu bewegen vermochte. Die von den zehn winzigen Kerzen aufsteigende Hitze versengte ihm das Gesicht. In den vagen, schimmernden Umrissen der Flammen sah er die Geister von zehn Tauben.

»Blas sie aus!«, quäkte jemand.

Palmer kniff die Augen zusammen und blies die Kerzen aus.

Nach dem Kuchenessen gingen sie nach draußen, um Farquar zu suchen. Als Palmer sich die *Behandlung* vom letzten Jahr in Erinnerung rief, wollte er kaum seinem Gedächtnis trauen: Stolz, Ehre, kleine Kinder, die Schlange standen, um seinen verletzten Arm anfassen zu dürfen. Es stimmte, letztes Jahr hatte er genauso vor Angst gezittert wie jetzt, aber er wusste, dass ihn dieses Jahr nach Farquars zehn Knöchelschlägen weder Ehre noch Stolz erwarteten. Nur Schmerz und ein Gefühl der Nutzlosigkeit.

Zu seiner großen Erleichterung blieb Farquar unauffindbar.

Als es Zeit zum Abendessen wurde, trennten sich die Jungs und Palmer ging allein nach Hause. Er fütterte Picker und spielte mit ihm. Er selbst aß nichts. Dorothy rief ihn an und wünschte ihm alles Gute zum Geburtstag.

Es dämmerte bereits, als er doch noch hungrig wurde und nach unten in die Küche ging. Er fand die nur zur Hälfte aufgegessene Geburtstagstorte, abgedeckt mit einer Plastikhaube, auf dem Kühlschrank. Er nahm sie herunter. Er stellte sie vor sich auf den Tisch. Er nahm die Haube herunter – und keuchte laut auf. In den Schokoguss, der den Rand der zweistöckigen Torte verzierte, waren mit einem Jungenfinger zwei Wörter geschrieben worden:

HEUTE NACHT

31

Henry.

Rückblickend fiel Palmer ein, dass Henry, als die Bande am Nachmittag das Haus verlassen hatte, mit der Behauptung, etwas vergessen zu haben, in die Küche zurückgelaufen war.

Henry.

Der, ganz im Gegensatz zu Bohne, nicht gemein, sondern eher sanftmütig war.

Der sich mit Bohne und Töle herumtrieb. Der tat, was sie von ihm verlangten. Aber anders war als sie.

Den Palmer einmal dabei beobachtet hatte, wie er seine kleine Schwester in einem Leiterwagen um den Block herum kutschiert hatte.

Henry war es gewesen. Hatte die Worte mit den Fingern in den Schokoguss geschrieben.

Heute Nacht.

Es war eine Warnung. Etwas würde heute Nacht geschehen. Etwas Schlimmes.

Aber was?

Während er die Wörter mit einem Messer glatt strich, dachte Palmer darüber nach. Der einzige Ort, an dem er sich nachts aufhielt, war sein Zimmer, sein Bett. Wenn ihm etwas Schlimmes zustoßen sollte, dann würde es dort geschehen.

Es musste etwas mit Bohne oder Töle zu tun haben. Oder mit der Katze. Die Katze war schon ins Haus geschleust worden. Vielleicht würden sie sich diesmal – heute Nacht – selbst einschleusen. Wie sie es schon einmal getan hatten. Und in letzter Zeit hatte Bohne sich auffallend für Palmers Zimmer interessiert. Palmer hatte behauptet, keine Besucher mit nach oben nehmen zu dürfen und dass er deshalb schon mit seinen Eltern aneinander geraten war. Was Bohne jedoch nicht davon abgehalten hatte, während der Geburtstagsfeier dreimal die Treppen raufzulaufen, um das Bad aufzusuchen.

Palmer spielte mit dem Gedanken, Henry anzurufen und zur Rede zu stellen, doch das erschien ihm riskant. Alles deutete darauf hin, dass er heute Nacht Besuch erhalten würde. Angesichts der Verdächtigungen, die die Jungs gegen ihn hegten, musste man kein Genie sein, um dahinter zu kommen, dass der Besuch etwas mit einem ganz bestimmten, gefiederten Zimmergenossen zu tun hatte.

Er ging nach oben, um Picker zu füttern, der von seinem tagtäglichen Wanderflug heimgekehrt war. Während die Taube ein paar Krümel aufpickte, hockte Palmer auf dem Bett und dachte gründlich nach. Eigentlich musste er nur das Fenster schließen und verriegeln, um die Jungs auszusperren. Das war die einfachste Lösung, aber sie brachte ihre eigenen Probleme mit sich. Die Jungs konnten die ganze Nacht ans Fenster klopfen, so lange, bis Palmer endlich antwortete. Was ihnen an Palmers Fenster nicht gelang, mochte an jedem beliebigen anderen Fenster klappen. Womöglich würden seine Eltern aufwachen. Und das vielleicht Wichtigste war, dass die Jungs, wenn in einer heißen Sommernacht das Fenster geschlossen war und niemand auf ihr Klopfen antwortete, misstrauischer denn je werden konnten.

Nein, das Fenster musste geöffnet bleiben. Er musste sie reinlassen. Was natürlich bedeutete, dass Picker sich nicht im Zimmer aufhalten durfte. Genauso wenig wie Palmer. Er dachte darüber nach. Sie würden nicht runter ins Erdgeschoss gehen. Sie würden sich oben in der Dunkelheit verstecken. Er glaubte nicht, dass die Jungs das ganze Haus absuchen würden. Ihr Ziel war sein Zimmer.

Und was konnte er am nächsten Tag sagen, wenn Bohne ihn fragte, wo er letzte Nacht gewesen war? Er konnte behaupten, es sei so heiß in seinem Zimmer gewesen, dass er unten auf dem Sofa geschlafen hätte. Oder, noch besser, dass er bei Verwandten übernachtet hätte.

Draußen vor seinem Fenster leuchtete der Mond, als ihm ein glücklicher Gedanke kam: Die ganze Sache konnte sich sogar zu seinem Vorteil entwickeln. Wenn sie sich erst mit eigenen Augen davon überzeugt hatten, dass es weder eine Taube noch Hinweise auf eine Taube gab, würden sie ihr Misstrauen vielleicht begraben. Vielleicht würden sie ihm glauben. Vielleicht würden sie einen Rückzieher machen. Also war es, so verrückt sich das anhören mochte, eigentlich gut, wenn sie ihn besuchten.

Trotz der Dunkelheit fiel Palmer das Wachbleiben nicht schwer. Er war zu nervös, um schlafen zu können. Endlich hörte er die Schritte seiner Eltern die Treppe hinaufsteigen. Zehn Minuten später erlosch der helle Lichtstreifen unter seiner Tür und es wurde dunkel.

Er wartete, bis er sicher war, dass sie schliefen. Er knipste die Taschenlampe an, die er mit nach oben genommen hatte. Picker saß an seinem gewohnten Platz auf dem Garderobenregal. Als der Lichtstrahl ihn traf, verwandelte sich ein schmales Knopfloch in einen orangefarbenen Knopf; ansonsten rührte der Vogel sich nicht. Das, wusste Palmer, war ein ganz normales Verhalten. Picker würde ihm keine Schwierigkeiten machen. Sobald er sich zum Schlafen niedergelassen hatte, dämmerte er in einer Art Trance, die nicht einmal ein Feuerwerk zu stören vermochte.

Palmer stieg auf einen Stuhl und hob behutsam, die Hände wie zu einer Schale geformt, sein verbotenes Haustier vom Regal. Taube und Taschenlampe zugleich zu halten war schwierig, aber Palmer schaffte es, auf Zehenspitzen nach unten zu schleichen ohne das Haus zu wecken. Erst setzte er sich auf das Sofa, Picker im Schoß. Dann kroch er, weil er sich nicht sicher genug fühlte, hinter das Sofa. Er knipste die Taschenlampe aus.

In der alles umfassenden Dunkelheit verwandelte er sich ganz in Ohren und Fingerspitzen. Er konnte Pickers Herzschlag spüren, ein Tock-Tock hinter den zahnstocherdünnen Rippen, wie vom winzigen Motor eines Modellautos. Er konnte den kalten, goldenen Blick der Statue zwei Zimmer weiter fühlen. Selbst um diese nächtliche Stunde war das Haus nicht ganz still. Irgendwo tickte eine Uhr. Von überall und nirgends erklang ein Knistern und Knacken, als werfe das Haus sich in seinem eigenen Schlaf hin und her.

Palmer versuchte, sein Gehör nach oben auszurichten. So lange er konnte, hielt er den Atem an und lauschte. Öffnete sich da ein Fenster? Waren das Schritte? Er stellte sie sich in seinem Zimmer vor, Schatten, Schwärze auf Schwärze, der Lichtstrahl aus Bohnes kleiner Taschenlampe, der wie ein Meteorschweif die Dunkelheit durchbohrte, der das Bett erfasste – *Er ist nicht hier!* –, unter das Bett huschte, das Bücherregal ausleuchtete, den Basketballkorb, den Schreibtisch, den Garderobenschrank … das Garderobenregal … das leere Garderobenregal … den Garderobenschrank … *o nein!* … der Fußboden im Schrank, *die Honigcracker*! Er hatte vergessen, sie mit nach unten zu nehmen. Würden sie sie entdecken? Würden sie annehmen, dass das Müsli Palmer gehörte, zum Naschen bestimmt war? Oder würden sie den wahren Grund erraten? Er spielte mit dem Gedanken, nach oben zu laufen – denn vielleicht waren sie *nicht* da –, die Treppen hinaufzustürmen, sich die Müslipackung zu schnappen, wieder nach unten zu rennen. Zehn Sekunden, mehr brauchte er nicht. Das konnte er tun. Aber was, wenn sie doch da oben waren? Was, wenn dieses Knarren, das er gerade gehört hatte …

Er blieb, wo er war. Er drückte und duckte sich hinter das Sofa, als ob nicht schon das Möbelstück und die Dunkelheit allein ausreichten, ihn zu verstecken. Dort blieb er, während die unsichtbare Uhr tausend Schläge schlug, dann noch einmal tausend, genau wie sein Herz.

Und erst als hinter dem Haus zwei kurze, scharfe Ausrufe erklangen, wusste er mit Sicherheit, dass sie dagewesen waren.

Und selbst jetzt wartete er weitere tausend Schläge ab, bevor er sich erlaubte tief Luft zu holen und dann, endlich, zu schlafen.

32

Er erwachte davon, dass Picker an seinem Ohr knabberte. Und gerade noch rechtzeitig. Sein Vater, der immer als Erster aufstand, kam die Treppe herab. Palmer griff nach seiner Taube und duckte sich hinter das Sofa. Als sein Vater in der Küche verschwunden war, huschte er die Treppe hinauf und in sein Zimmer.

Er sah sich um, ohne einen Hinweis auf die nächtlichen Besucher entdecken zu können. Die Fenster waren fest geschlossen. Alles war an seinem angestammten Platz.

Bis auf eine Sache, wie er rasch herausfand.

Er hatte noch nicht einmal gefrühstückt, als es an der Tür klingelte. Und die Tür kaum geöffnet, als ihm der Basketball aus Schaumstoff vor das Gesicht gehalten wurde. Bohnes Finger waren darum geschlossen.

»Wer ist Picker?«

Palmer konnte nicht schnell genug nachdenken.

Bohne drückte Palmer den Ball unter die Nase. »Wer hat das geschrieben?«

Er wollte Dorothy nicht in die Sache hineinziehen. »Ich«, sagte er.

»Also, wer ist Picker?«

Palmer polterte mit dem ersten Satz hervor, der ihm in den Sinn kam. »Das bin ich. Das war mein Spitzname, als ich klein war.« Er sah sie der Reihe nach an. »Bevor ich mit euch Jungs zusammen war.«

Töle schob sich neben Bohne. »Wir glauben, dass Picker eine Taube ist.«

Palmer machte ein schockiertes Gesicht. »Eine Taube? Was sollte ich denn mit einer Taube anfangen?«

»Was fängst du mit den Crackern und den Körnern an, die in deinem Zimmer rumfliegen?«, sagte Bohne.

Palmer lächelte, um ihnen deutlich zu machen, wie falsch sie lagen. »Knabberzeug. Ich hab immer welches in meinem Zimmer, damit ich nicht jedes Mal runter in die Küche rennen muss.« Er hätte sich am liebsten selbst dafür in den Hintern getreten, dass er Pickers Futter vergessen hatte.

»Und wo warst du letzte Nacht?«, sagte Bohne.

Palmer ging auf, dass ebenso gut er die Fragen stellen konnte. »Wo *ich* war? Wo wart *ihr*?« Er warf Henry einen Blick zu. Henrys Gesicht war unbewegt. »Woher habt ihr meinen Ball?«

Bohne grinste. »Wir waren letzte Nacht hier, um dich zu besuchen.«

»Aber du warst nicht da«, sagte Töle.

Palmer nickte. »Stimmt. Ich hab woanders geschlafen. Bei meinem Cousin. Ich war nicht zu Hause.«

Henry glotzte in den Himmel. Palmer erkannte ihn als das, was er war: ein Gefangener, mutig genug, ihn wegen letzter Nacht zu warnen, aber zu schwach, um Bohne nicht zu gehorchen. Er erkannte einen Teil seiner selbst in Henry und, schlimmer noch, was aus ihm werden konnte.

Bohne funkelte erst den Ball, dann Palmer an. »Du bist nicht Picker. Du bist Rotzie.« Er ließ den Ball zu Boden fallen und trat darauf. Als er den Fuß wieder hob, verwandelte der Ball sich in eine Kugel zurück. Bohne fluchte und stampfte mit beiden Füßen auf den Ball, presste ihn flach, quetschte ihn in die Erde des Vorgartens. Eine Minute lang keuchte er vor lauter Anstrengung, und wieder gewann der Ball seine ursprüngliche Form zurück. Er schoss ihn fort. Er zog Palmer am Arm. »Gehen wir. Wir müssen Farquar suchen.«

Sie fanden Farquar vor dem Kaufladen, wo er Schokokuchen aß und Cola trank.

Bohne zeigte auf Palmer und verkündete: »Geburtstagsjunge. Zehn Jahre.«

Gegen das Schaufenster des Ladens gelehnt, trank Farquar einen Schluck Cola. Er spülte sich den Mund damit aus. Er zog die Oberlippe hoch, was ihn wie ein Nagetier aussehen ließ, und spuckte einen dünnen Colastrahl zwischen den Zähnen hindurch. Die Jungs sprangen zurück.

Farquar musterte Palmer. »Ein Halsumdreher, was?«

Palmer gab keine Antwort.

»Er braucht die *Behandlung*«, sagte Bohne.

Farquar blitzte ihn an. »Hetz mich nicht!«

Bohne breitete die Arme aus. »Tu ich nicht. Ich sag's ja nur.«

Farquar biss eine Hälfte des Kuchens ab. Auf seinen Zähnen klebte Schokoguss. »Was glaubst du, was ich hier mache?«

»Essen?«, sagte Bohne zögernd.

»Frühstücken«, sagte Farquar und spülte den Kuchen mit Cola hinunter.

Die Jungs traten einen weiteren Schritt zurück.

»Wenn ich frühstücke, haltet ihr die Klappe. Verstanden?«

Die vier Jungen nickten. Sie zogen sich zur nächsten Straßenecke zurück, setzten sich, die Gesichter dem Verkehr zugewandt, und wagten nicht einen einzigen Blick in Farquars Richtung.

Eine ganze Weile später hörten sie seine Stimme: »Okay.« Sie drehten sich um. Er kam ihnen auf dem Gehsteig entgegen. Sie standen auf und folgten ihm. Er ging durch einen Wetterschacht zwischen zwei Geschäften, von dort in die nächste Gasse. Er blieb stehen. Er trat einen Schritt zurück, um ihnen Platz zu machen. Alle hatten grimmige Gesichter aufgesetzt. Niemand sagte ein Wort.

Farquar zeigte vor sich auf den Asphalt. Er sah Palmer in die Augen. »Komm her.«

Palmer trat vor.

»Links oder rechts?«

»Links.«

»Aufrollen.«

Er rollte seinen Ärmel bis zur linken Schulter hinauf. Er zwinkerte mehrmals. Er sah sich um. Er rollte den Ärmel wieder nach unten. Er machte einen Schritt zurück. Er schüttelte den Kopf.

Farquars Augenbrauen rutschten überrascht zusammen. »Was soll das?«

»Nein«, sagte Palmer. Das Wort drang erstickt und trocken aus seinem Mund.

»Nein?«, sagte Farquar. Zwischen seinen Zähnen steckte ein Stückchen Schokolade.

»Nein«, sagte Palmer, diesmal laut und deutlich. Hinter ihm brach Unruhe aus.

»Was, nein?«

Was, nein?

Palmer zog sich von ihnen zurück, jeden Einzelnen von ihnen im Blick.

Sie starrten ihn abwartend an. Er sah den Fuß, der den Softball in den Boden, den Namen in den Staub drückte. Er hörte den Schrei, hörte ihn Sekundenbruchteile, bevor auch die anderen ihn hörten, diesen Schrei, von dem er jetzt wusste, seit wie viel Ewigkeiten er sich in ihm gebildet hatte. Er stellte sich breitbeinig hin und ging in die Knie und ballte die Hände zu Fäusten und ließ alles hinaus: »Nein! Keine Behandlung! Kein Halsumdrehen! Kein Rotzie!« Er lenkte seinen Schrei auf Bohne. »Ich bin nicht Rotzie! Ich heiße Palmer! Mein Name ist Palmer!«

Er trat einen Schritt zurück, ging noch tiefer in die Hocke. »Nein!«

Dann rannte er.

Durch die Gassen, durch die Straßen, er rannte, wie er noch nie zuvor gerannt war. Wenn Farquar dabei war, dann würden sie ihn kriegen, das wusste er. Wenn nicht, dann konnte er den Jungs vielleicht entkommen. Er hörte die Sohlen ihrer Turnschuhe hinter sich auf das Pflaster prasseln. Er hörte ihre Schreie.

»Dafür stirbst du, Palmer!«

»Ich werde deine Taube auffressen!«

»Ich dreh ihr den Hals um und reiß ihr den Kopf ab!«

»Ich reiß *dir* den Kopf ab!«

Er rannte und rannte.

33

Ein Käfer krabbelte sein Rückgrat hinab. Er riss sich das T-Shirt aus der Hose, schob den Zeigefinger den Rücken hinauf. Es war kein Käfer. Es war Schweiß.

Die Sonne glühte an einem wolkenlosen Himmel. Der Schatten des Müllcontainers war ihrer Wanderung gefolgt, sodass Palmer jetzt mit angezogenen Knien, den Rücken flach gegen den Container gedrückt, sitzen musste, wenn er im Schatten bleiben wollte. Das Metall des Containers war kühl, beinahe frostig.

Sein Atem und sein Herzschlag hatten sich schon längst wieder beruhigt. Das Mittagsgeläut der Kirchenglocken war vor einer, vielleicht sogar schon vor vielen Stunden verklungen. Er fühlte sich hungrig und durstig. Aber auch in Sicherheit. Der einzige andere sichere Ort war sein Haus, genau fünfeinhalb Blocks entfernt von diesem Container auf der Rückseite des Supermarkts.

Eine Hintertür flog auf. Ein Arbeiter kam heraus, mit zwei schweren Plastiksäcken beladen. Als er Palmer sah, sagte er: »Wartest du hier, um mir zu helfen?«

Machte der Mann Witze? Er lächelte nicht. »Nein«, sagte Palmer.

Mit einem Grunzen wuchtete der Arbeiter erst den einen, dann den anderen Sack in den Container. Er sah auf Palmer herunter. Er wackelte mit dem Kopf. »So was mach ich mit links.« Er ging zurück in den Markt.

Fünfeinhalb Blocks. In Gedanken entwarf Palmer eine Route, die ihn, bis auf den letzten halben Block, ausschließlich durch die Gassen führte. Trotzdem musste er dabei Straßen überqueren, am helllichten Tag. Davon abgesehen machten die Jungs zwischen Gassen und Straßen keinen Unterschied, sie benutzten beide. Sie konnten überall sein, hinter der nächsten Ecke, hinter dem nächsten geparkten Wagen. Sie konnten, genau in diesem Moment, vor dem Supermarkt stehen und Leute ausfragen. »Haben Sie einen Jungen gesehen …?« Sie konnten längst dabei sein, es in der ganzen Stadt herumzuerzählen. »Palmer LaRue hat eine Taube.« Falls diese Tatsache je in Frage gestanden hatte, das wusste Palmer, so hatte er die Frage mit seiner spektakulären Aktion an diesem Morgen beantwortet.

Die Hintertür flog auf. Der Arbeiter trat heraus, aber diesmal hatte er nur eine Büchse Sprite in der Hand. Vor Palmer blieb er stehen und hielt sie ihm entgegen. Sie war ungeöffnet. »Siehst aus, als könntest du das brauchen, Kleiner.«

Palmer schoss durch den Kopf, dass das ein Trick sein konnte. Aber er war zu durstig, um sich darüber Gedanken zu machen. Er griff nach der Büchse. Sie fühlte sich wunderbar kalt an. Er starrte zu dem Mann hinauf. Er hätte heulen können. Da lag fast ein Lächeln auf den Lippen des Mannes. »Geht aufs Haus«, sagte er und war verschwunden.

Palmer öffnete die Büchse und trank sie in einem Zug leer, setzte sie nur ab, um kurz Luft zu holen. Er legte den Kopf gegen den Container und schloss die Augen. Trotz seines Unglücks, trotz allem, fühlte er sich für ein paar kostbare Sekunden wohl.

Sein erster Gedanke war gewesen, bis zum Einbruch der Dunkelheit zu warten und dann nach Hause zu laufen. Als jetzt die Sonne hinter dem Dachfirst des Supermarkts verschwand, wurde ihm klar, dass das keine besonders gute Idee war. Picker würde bald nach Hause kommen, und wer wusste schon, ob sie dort nicht bereits auf ihn warteten? Womöglich mitten auf dem Verandadach, mit Steinen, mit Flitschen. Plötzlich war es ihm klar: Er musste *vor* Picker zu Hause ankommen.

Jetzt.

Er ließ die Büchse fallen und rannte.

Durch Gassen und Straßen nahm er den schnellstmöglichen Weg, angetrieben von der Vorstellung, wie Picker in einen Hagel aus Steinen geriet. Als er die Kurve um seinen Block nahm, fiel ihm ein, dass sie vielleicht vor seiner Haustür auf ihn warteten. Er wurde langsamer. Und dachte an Picker. Und rannte weiter. Sie waren nicht da. Er stürzte ins Haus.

Am liebsten hätte er sich einfach fallen lassen, das Gesicht im Wohnzimmerteppich vergraben, aber er wagte nicht, stehen zu bleiben. Er nahm drei Stufen auf einmal nach oben, warf die Tür auf. Picker stand draußen auf dem Fenstersims, und drinnen, auf Palmers Kopfkissen, saß der gelbe Kater, Panter, und beobachtete das Fenster, den Kopf so reglos wie der einer Statue, während sein Schwanz langsam von einer Seite zur anderen zuckte. Er nahm überhaupt keine Notiz von Palmers Anwesenheit.

Der erstbeste Gegenstand in der Nähe war ein Comicheft. Palmer schleuderte es durch die Luft. Der Kater fauchte, zischte, sprang zu Boden und war bereits aus dem Zimmer und über die Treppe nach unten verschwunden, als Palmers Schrei noch im Raum hing.

Im selben Moment, in dem er das Fenster öffnete um Picker hereinzulassen, wusste er, dass seine Taube verschwinden musste.

34

Dorothy weinte.

»Warum denn schon morgen?«

»Weil sie Bescheid wissen«, sagte er zum dritten Mal. Er schlug auf das Bett ein. »Sie wissen es, sie wissen es, sie wissen es! Und sie werden nicht warten. Außerdem ist bald Taubentag. Das macht alles nur noch schlimmer.«

»Henry würde Picker nichts antun.«

»Henry zählt nicht. Es sind die anderen.«

Sie bohrte nach. »Aber *warum*? Warum kannst du ihn nicht einfach hier im Haus verstecken? Oder bei mir zu Hause?«

»Weil sie das rausfinden.« Er ging auf und ab, seine Stimme klang erschöpft. »Letzte Nacht waren sie hier im Zimmer. Heute war die Katze im Haus. Die wissen alles. Die werden nicht aufgeben. Wir sollten ihn heute Nacht wegbringen, wenn es dunkel ist.«

Sie heulte auf. »Nein!«

»Gut«, er zuckte die Achseln, »dann morgen.«

Sie drückte die Stirn gegen die Wand und glitt daran herab. »Warum lassen sie ihn nicht einfach in Ruhe?« Sie sah ihn an, als wisse er die Antwort auf diese Frage. »Was hat er ihnen denn getan?«

Er sah zum Garderobenregal, auf dem Picker schlief. »Er ist als Taube auf die Welt gekommen. Deshalb.«

»Aber wie kannst *du* das bloß tun?«, wimmerte sie.

Die Frühlings- und Sommermonate hatten seine Nerven blank gelegt. Er stampfte beinahe durch sein Zimmer, hin und her. Obwohl er die Stimme senkte, damit seine Eltern ihn nicht hörten, schien sein ganzer Körper zu schreien. »Wie ich das *tun* kann? Wie ich das *tun* kann? Kriegst du das nicht in deinen Schädel? Die bringen ihn *um*! Willst du etwa, dass er stirbt?«

Kurz zuvor hatte Dorothy den unzerstörbaren Softball auf der Straße gefunden und ihn mitgebracht. Jetzt lag er in ihrem Schoß, wo sie ihn streichelte. Ihre Stimme war kaum hörbar. »Ich will ihn einfach nicht verlieren.«

Er ging ans Fenster. Der Mond hatte die Form einer Sichel. Er begann zu weinen. »Glaubst du etwa, ich?«

Am nächsten Morgen trafen sie sich um sechs Uhr, mit ihren Fahrrädern. An Dorothys Rad war ein Korb am Lenker befestigt. In den stellten sie den Schuhkarton. Palmer hatte die Spielzeugsoldaten auf sein Bett gekippt, Löcher in den Karton gebohrt und die Taube hineingesetzt.

Ihren Eltern hatten sie erzählt, sie würden ein Frühstückspicknick im Park veranstalten. Im Korb lagen auch ein paar Minidonuts und Eistee in Getränkekartons.

Sie fuhren zum Park, dann quer durch den Park und zur Stadt hinaus. Sie fuhren am Barbecue-Restaurant, der ausgebrannten Scheune und dem Golfplatz vorbei, dessen taubenetzte Grünflächen wie silberne Teiche schimmerten. Sie hielten nur einmal an, weil Dorothy es nicht mehr ertragen konnte, den Korb vor sich zu sehen, und tauschten die Fahrräder. Sie radelten Straßen hinab, die sie bisher nur aus dem Auto heraus kannten, und schließlich Straßen, die sie noch nie gesehen hatten. Das einzige Geräusch war das leise Klappern der Speichen, das Knirschen der Räder auf kiesigem Asphalt. Sie fuhren Hügel hinauf und Hügel hinunter, bis sie das Gefühl hatten, sich nicht nur in einem anderen Land, sondern in einem anderen Staat zu befinden.

In der Nähe einer Weide, auf der Pferde grasten, fuhr Palmer an die Seite.

»Essen wir was«, sagte er.

Dorothy nahm die Donuts und den Tee aus dem Korb. »Wollen wir ihn hier freilassen?«

»Nein. Das ist nicht weit genug.«

»Nicht *weit* genug?«

Er steckte einen Strohhalm in den Teekarton und nahm einen tiefen Schluck. Dann schüttelte er den Kopf. »Wir müssen so weit weg wie möglich. Tauben finden den Weg nach Hause über unglaublich lange Strecken zurück.«

Dorothy brach ein Stück von einem Donut ab und schob es unter dem Rand des Schuhkartons hindurch. Es wurde ihr sofort aus den Fingern gepickt. »Ich kann kaum noch *selbst* den Weg nach Hause finden.«

»Du bist ja auch keine Taube.« Er biss in einen Donut. »Weit weg ist immer noch nicht weit genug. Es muss ihn völlig durcheinander bringen.«

Sie sah erschreckt auf. »Was meinst du damit? Du willst ihm doch nicht die Augen verbinden oder so was?«

Er zog eine Grimasse. »Nein. Ich hab was anderes vor. Du wirst schon sehen.« Er hatte nur einmal in seinen Donut gebissen und schob den Rest in den Schuhkarton. »Gehen wir.«

Der nächste, endlos erscheinende Abschnitt der Fahrt brachte sie zu einer unumzäunten Weide. Palmer sagte »hier« und bog auf das Feld ab. »Warte«, rief er über die Schulter.

Dorothy blieb am Straßenrand stehen und sah Palmer dabei zu, wie er immer weiter ins Feld hineinfuhr. Auf der klumpigen Erde holperten die Räder, der Korb hüpfte auf und ab. Distelblüten flammten auf, Wildblumen wiegten sich, als das Fahrrad einen wahllosen Kurs beschrieb, den höchstens eine Fliege hätte verfolgen können: Achten, Zickzacklinien, Schlangenmuster. Mehrere Minuten ging das so, bis das Fahrrad plötzlich schnurstracks in dem jenseits der Weide beginnenden Wald verschwand.

Dorothy wartete, so lange sie konnte, bevor sie ungeduldig wurde und sich Sorgen zu machen begann. Was hinter der dicht geschlossenen Baumreihe lag, verbarg sich ihrem Blick. Die Sonne stand im Zenit und verwandelte die Weide in eine Wüste ohne Schatten. Die Griffe des Fahrradlenkers waren heiß. Und da war er plötzlich, schoss zwischen den Bäumen hervor, radelte ihr so eilig entgegen, dass die Donut-Verpackung im Korb auf und ab flog. Als er näher kam, fiel ihr sein Gesicht auf, es war rot und nass, sein Mund verzogen. Der Schuhkarton war leer. Er bremste nicht ab und sah sie nicht an, er holperte direkt auf die Straße.

Es verging einige Zeit, bevor er die Fahrt verlangsamte und es ihr gestattete, ihn einzuholen. Sie tauschten die Fahrräder wieder aus. Sie fuhren schweigend nebeneinanderher. Sie kauften Mineralwasser und warfen die übrigen Donuts fort. Als sie den letzten Hügel hinter sich gelassen hatten und in die Stadt hineinbrausten, lagen die Straßen im Schatten. Müde stiegen sie die Stufen zu Palmers Zimmer hinauf. Picker erwartete sie auf dem Fensterbrett.

35

Er zog in Erwägung, Picker nicht zu füttern. Ihn nicht ins Zimmer zu lassen. Früher oder später würde die Taube diesen Hinweis verstehen und für immer davonfliegen. Er unterbreitete Dorothy seine Idee in der Hoffnung, dass sie ihm davon abraten würde. Was sie auch tat. Sie heulte so laut auf, dass er ihr den Mund zuhalten musste.

»Okay, *o-kay*«, sagte er. Er begann auf und ab zu laufen. »Aber irgendwas müssen wir tun. Wir müssen ihn loswerden.«

Dorothy erhob keine Einwände.

»Die werden nicht aufgeben. Niemals. Erst wenn sie ihn haben.«

Auf und ab, auf und ab.

»Sie werden immer wieder die Katze reinschmuggeln. Sie werden das Haus bewachen. Tag und Nacht. Tag und Nacht. Sie lauern und lauern und lauern. Mit Flitschen. Luftgewehren. Vielleicht sogar mit Gift. Gift!«

Auf und ab. Die Arme erhoben.

»Die werden vergiftetes Futter auf das Verandadach streuen!«

Dorothy lachte auf.

Palmer blieb stehen und runzelte die Stirn. »Was denn?«

Sie lag rücklings auf dem Bett, mitten auf den Spielzeugsoldaten, und lachte gegen die Zimmerdecke. Dann stemmte sie sich hoch und fand ihre Stimme wieder. »Mach weiter.«

»Womit?«

»Gehen.«

Er machte einen Schritt.

»Nein, nein, richtig gehen.« Sie wedelte mit der Hand. »Auf und ab, so wie gerade eben.«

Er nahm seinen Schritt wieder auf, sich plötzlich seiner Füße bewusst. Er blickte nach unten – und sah, worüber sie lachte. Picker ging auf und ab, wechselte die Richtung, wenn er die Richtung wechselte, verfolgte jede seiner Bewegungen, das Auf und Ab durch sein Zimmer.

Palmer blieb stehen. Die Taube blieb stehen. Er wusste nicht, ob er lachen oder weinen sollte.

Am nächsten Tag legte seine Mutter ihr Geständnis ab.

Es geschah nach dem Frühstück. Er war in seinem Zimmer. Er hörte die Schritte seiner Mutter die Treppe heraufkommen. Normalerweise änderten die Schritte die Richtung und bewegten sich auf das Badezimmer oder das Schlafzimmer zu. Diesmal hielten sie direkt vor seiner Tür.

Sie klopfte an. »Palmer? Darf ich reinkommen?«

Er ließ den Blick rasch über das Zimmer gleiten. Er bemerkte zwei puderweiße Flecken, die er noch nicht aufgewischt hatte. Und eine Müslipackung auf dem Fußboden. In letzter Zeit war er nachlässig geworden. Wenigstens war der Vogel tagsüber draußen unterwegs. Er kickte die Müslipackung unter das Bett. Er setzte ein unschuldiges Gesicht auf.

»Komm rein.«

Sie betrat lächelnd das Zimmer. »Hi«, sagte sie. Sie winkte ihm zu, als hätte sie ihn nicht erst vor zwei Minuten in der Küche gesehen.

»Hi«, sagte er. Er winkte nicht zurück. Er stand auf einem der puderweißen Vogelhäufchen. Der andere befand sich auf seinem Schreibtisch. Genau dort, wo sie jetzt saß, die linke Hand, Handfläche nach unten, kaum zwei Zentimeter von der weißen Hinterlassenschaft des Vogels entfernt.

»Ich muss dir etwas gestehen«, sagte sie. Jetzt war ihr Gesicht traurig, die Mundwinkel herabgezogen; aber das war nicht echt, es war eine Clownsmaske, sie tat nur so als ob.

Er sagte nichts.

Das Lächeln war wieder da, echt und ebenmäßig. »Wir wissen, dass du eine Taube hast.«

Er konnte weder antworten noch sich rühren.

Sie lachte. »Palmer – vergiss nicht zu atmen.«

Er holte Luft.

Sie streckte ihm die Arme entgegen. »Komm her.«

Er ging zu ihr und ergab sich ihrer Umarmung. Alle Kraft wich aus seinem Körper und plötzlich wurde ihm bewusst, wie allein er gewesen war, wie sehr die Unterstützung durch seine Eltern ihm gefehlt hatte. Er schluchzte. Sie hielt ihn noch fester, wiegte ihn hin und her.

Durch ihren Herzschlag hindurch vernahm er ihre Stimme. »Ist dir denn gar nicht aufgefallen, dass du manche Sachen nicht so vorgefunden hast, wie du sie verlassen hattest? Dass es hier drinnen nie staubig war? Hast du wirklich gedacht, du könntest deine Mutter in ihrem eigenen Haus aus deinem Zimmer fern halten?«

Eigentlich, ja, eigentlich hatte er genau das gedacht.

Sie hielt ihn auf Armeslänge von sich. Ein solches Lächeln hatte er noch nie gesehen. Ihre Augen funkelten, strahlten.

»Hast du nicht bemerkt, dass wie durch Zauberei jedes Mal eine neue Packung mit Honigcrackern in deinem Regal auftauchte, wenn die alte fast leer war?«

Er starrte sie zwinkernd an. Ja, das hatte er bemerkt, und genau das war es, was er gedacht hatte: Zauberei.

Sie lachte laut, zog ihn erneut in ihre Arme, gab ihn wieder frei.

»Hast du geglaubt, du könntest seit – wann? – seit Januar eine Taube als Schmusetier im Haus halten, ohne dass dein Dad oder ich das merken würden?«

»Ich hab gedacht, ihr würdet sauer werden«, sagte er.

Ihre Finger wedelten in Richtung Tür. »Besorgst du mir ein Taschentuch, ja?« Er holte ihr ein Kleenex aus dem Badezimmer. Sie entfernte damit den Vogelhaufen vom Schreibtisch. »Den Klecks, auf dem du draufstehst, solltest du auch nicht vergessen«, sagte sie und warf das Tuch in den Papierkorb. Sie sah ihn forschend an. »Sauer? Warum sollten wir sauer auf dich sein?«

Er sagte das Offensichtliche: »Es ist eine *Taube*.«

Sie nickte. Ihre Stimme wurde noch sanfter. »Das verstehe ich. Wir verstehen es. Und wir waren ein wenig … besorgt, aber nicht sauer. Sauer waren wir nie.«

»Aber –« Er wusste nicht, wie er es sagen sollte. »Dad.«

Sie lächelte. »Mach dir keine Sorgen. Dein Dad hat sich verändert. Letztes Jahr ist er nicht mal zum Taubentag gegangen, und geschossen hat er schon gar nicht.« Sie legte ihm eine Hand auf die Schulter. »Eines Nachts – verrat ihm bloß nicht, dass ich dir das erzählt habe –, eines Nachts, als du geschlafen hast, ist er in dein Zimmer geschlichen, stand mit der Taschenlampe vor dem Schrank und hat sich deine Taube angeschaut.« Sie kicherte. »Ich geb dir mein Wort darauf, dass die Taube bei deinem Dad genauso sicher aufgehoben ist wie bei dir.«

Den ganzen Morgen unterhielten sie sich. Palmer erzählte ihr alles. Pickers Auftauchen nach dem Schneesturm. Das allmorgendliche Picken an seinem Ohr, um ihn zu wecken. Die Jungs und ihr wachsender Verdacht. Stämme vor Dorothy bauen. Wie er auf den Boden im Klassenzimmer gespuckt hatte. (Er wünschte sich, er hätte eine Kamera, um ihren Gesichtsausdruck festzuhalten.) Die Weigerung, sich der *Behandlung* zu unterziehen. Als er ihr seine lebenslange Angst gestand, dass er sich davor fürchtete, zehn Jahre alt und ein Halsumdreher zu werden, bebte seine Unterlippe und sie gab ein schmerzerstícktes Geräusch von sich und zog ihn dicht an sich und streichelte ihm über den Rücken und über den Kopf.

Nach einer Weile sagte sie: »Lass Picker nicht gehen. Behalte ihn.«

Er versuchte, es ihr verständlich zu machen. Er versuchte ihr verständlich zu machen, wie sein Leben aussah. Dass diese Stadt einfach zu klein war, zu klein für alle zusammen, ihn selbst, die Jungs und die Taube. Seine Angst, erklärte er ihr, sei zu groß und sein Plan stünde fest.

Und so bat Palmer tags darauf Dorothy, als sie ihm verkündete, dass sie mit ihren Eltern einen Teil der Ferien an der Küste verbringen würde, sie solle Picker mitnehmen und dort freilassen. Sie protestierte, aber schließlich sprach sie mit ihren Eltern, und wie Palmer gehofft hatte, stimmten ihre Eltern zu und versprachen, sich um die Angelegenheit zu kümmern.

Am Abend vor der Abreise kam Dorothy, um Picker

abzuholen. Sie weigerte sich, ihn in den Schuhkarton zu stecken. Sie trug den schlafenden Vogel auf Händen über die Straße. Am nächsten Tag blieb Palmer bis um die Mittagszeit in seinem Bett.

36

Trotz der Hitze schlief er bei geschlossenem und verriegeltem Fenster und mit herabgezogener Jalousie. Und immer noch konnte er Bohne und Töle hören, die wie Straßenkatzen auf dem hinteren Verandadach herumkrakeelten. Er konnte hören, wie sie an die Fensterläden kratzten, gegen die Scheibe klopften, einzudringen versuchten.

Auf der Straße bauten sie Stämme vor ihm. Sie stellten sich ihm direkt in den Weg, sodass er um sie herumgehen musste, nur um sich ihnen wieder gegenüber zu finden. Einen einzigen Block zurückzulegen dauerte eine halbe Stunde. Sie verspotteten ihn und zogen ihn auf. Sie zogen ihn an den Ohren und spuckten auf seine Turnschuhe. Bohne entblößte seine grüngelben Zähne und blies ihm Bohnengestank ins Gesicht.

Es war, als hätte er nie zu ihnen gehört.

»Sie ist nicht mehr da«, erzählte er ihnen.

Sie lachten. Sie glaubten ihm nicht.

Er hatte eine Idee. Zeig ihnen dein Zimmer, lass sie sich doch selbst davon überzeugen. Dann würden sie ihm vielleicht glauben, ihn in Ruhe lassen. Aber ihm fiel ein, dass seine Mutter sie nie wieder das Haus betreten lassen würde. Und ihm fiel ein, dass er, wenn er an die Jungs dachte, eigentlich nur zwei von ihnen meinte: Bohne und Töle. Nicht Henry. Henry gehörte zu ihnen, na gut, aber er war anders. Vielleicht konnte er Henry in sein Zimmer schmuggeln, ihn sich davon überzeugen lassen?

Die Jungs stimmten zu. Er musste weder Bohne noch Töle davon überzeugen, dass seine Mutter eine Gefahr für sie darstellte, ganz besonders in ihrem eigenen Haus. Und obwohl es sie ärgerte, dass Henry dieses Privileg vorbehalten blieb, waren sie doch zu neugierig, um die ganze Sache abzublasen.

Bohne musterte Henry. Er zerrte an Henrys rot und weiß gestreiftem T-Shirt, bis Henry sich auf seine Höhe zu ihm hinabbeugte. »Dass du bloß alles ordentlich untersuchst. Lass dich nicht von ihm reinlegen.«

Henry nickte.

»Danach erstattest du mir Bericht.«

»Okay.«

Palmer wählte einen Morgen, an dem seine Mutter nicht zu Hause war. Während Bohne und Töle sich dreist auf die Verandatreppe der Gruziks pflanzten und warteten, lotste er Henry in sein Haus. Oben, in seinem Zimmer, breitete er beide Arme aus und sagte: »Es gehört dir. Du kannst alles durchsuchen.«

Während Henry sich umsah und gehorsam den Garderobenschrank durchsuchte, wurde er von Palmer gemustert. Henry war so groß, dass sein Kopf fast gegen den Baseballkorb stieß. Und doch erweckte er auf unbestimmte Art nicht den Eindruck von Größe. Im Gegenteil, er kam ihm richtig klein vor, kleiner als Bohne und Töle, kleiner sogar als Palmer selbst.

»Danke für die Warnung«, sagte Palmer zu ihm.

Henry, der wie ein Narr sogar in den Papierkorb spähte, sagte: »Was für eine Warnung?«

»Die auf der Torte.«

Nach einer kurzen Pause sagte Henry: »Oh, ach ja.«

Palmer sah dabei zu, wie er weiter das Zimmer durchsuchte. »Wie heißt du wirklich?«

Henry wirkte verwirrt. Sein Blick richtete sich auf das Fenster, als ob die Jungs dort hineinspionierten. Er sah Palmer nicht an. »Häh?«

»Ich weiß, dass Bohne in Wirklichkeit Arthur heißt. Und Töle ist Billy. Wie heißt du, in echt?«

Henry ließ sich auf die Knie plumpsen und bückte sich unter das Bett. Er stand wieder auf. Seine weit aufgerissenen, erstaunten Augen tasteten die Wände ab, ohne Notiz von Palmer zu nehmen. »George«, sagte er und verließ das Zimmer. Er rannte die Treppe hinunter.

Palmer rief: »George, bleib stehen!« Er rief: »Ich hab gesehen, wie du deine kleine Schwester auf dem Leiterwagen gezogen hast!«

Aber Henry, in Wirklichkeit George, war bereits zur Tür hinaus.

37

Was auch immer Henry ihnen erzählt hatte, sie mussten es geglaubt haben, denn sie zogen sich zurück. Sie ärgerten Palmer weiterhin, wenn sie auf der Straße oder im Park auf ihn trafen. Aber sie kamen nicht mehr zu seinem Haus. Sie rissen sich kein Bein mehr aus, um ihn zu finden.

Nicht, dass es ihn interessiert hätte.

Er stolperte leblos durch den Juli und fühlte sich dabei so ausgetrocknet und hohl wie die in den Bäumen hängenden Larvenhäute der ausgeschlüpften Zikaden. Er lenkte sein Fahrrad durch menschenleere Gassen.

Dorothy sah er kaum. Sie gingen einander aus dem Weg. Wenn sie sich zufällig auf der Straße begegneten, grüßten sie sich kurz und gingen dann rasch in entgegengesetzte Richtungen weiter.

Er warf den Schuhkarton fort, der den Spielzeugsoldaten als Baracke und Picker als Reisekorb gedient hatte. Die Soldaten verstaute er in der Schublade mit den Socken. Manchmal holte er sie hervor, um mit ihnen zu spielen. Er stellte sie auf seinem Schreibtisch auf, von Angesicht zu Angesicht mit dem Feind. Manchmal war der Feind groß und Furcht einflößend, so wie seine Nilpferdpantoffeln; dann wieder war er nur ein rosiger, wehrloser Radiergummi.

Eines Tages zeigte ihm sein Vater, wie man die Truppen richtig in Stellung brachte. Wie man sie sich auffächern ließ, damit eine Landmine nicht mehr als einen einzigen Mann zu Fall brachte. Wie man die Armee links und rechts flankieren und einen Halbkreis bilden ließ, um damit von drei Seiten gleichzeitig über den Feind herzufallen und ihn daran zu hindern, sich von hinten anzuschleichen. Wie man einen Zug als Reserve zurückbehielt. Er lernte, wo man den graugesichtigen Leutnant sowie den Hauptmann platzierte und, weil Höhe Überlegenheit bedeutete, dass man die Maschinengewehre auf einer Anhöhe postierte, als die ein Kinderlexikon diente.

Normalerweise verlief das kaum anders als so: Ein Teil der Truppen, siebenundzwanzig gebückte Soldaten mit siebenundzwanzig Gewehren im Anschlag, marschierte am Rand des Schlachtfelds auf. Und dann, eines Tages, griffen sie an. Angeführt von dem Leutnant stürmten sie vor, umzingelten den Radiergummi von drei Seiten und verhinderten so seinen Rückzug, zwangen ihn in einem mörderischen Kreuzfeuer in die Knie, während der Hauptmann seine Kommandos bellte und Luftunterstützung herbeibefahl. Und doch gelang es dem üblen Radiergummi, am Leben zu bleiben und sogar durch die vorderste Angriffslinie zu robben, wenn auch nur, um dahinter von einem nachrückenden Zug in Empfang genommen zu werden. Erstaunlicherweise aber überlebte er selbst diese Begegnung, schon stand er wieder auf den Beinen, rannte los und wähnte sich bereits in Freiheit – als das Maschinengewehr auf dem Lexikon das Feuer eröffnete.

RATATATATATATATATATATATA. Das Maschinengewehr spuckte einen erbarmungslosen Geschosshagel aus, die Truppen formierten sich neu und fielen in das Feuer ein, und das Kriegsgebrüll verstummte erst, als der Radiergummi tot und in lauter kleine Streifen zerlegt war.

Am nächsten Tag begrub Palmer die Soldaten im Hinterhof. Die winzigen grauen Gesichter waren nichts sagend, die winzigen grauen Augen starrten ihn an, als Erde auf sie herabrieselte.

Er las weiterhin *Beetle Bailey* in der Zeitung und schnitt die Comicstrips aus, fügte sie aber nicht mehr seiner Sammlung hinzu. Dann schnitt er sie auch nicht mehr aus. Schließlich las er auch die Zeitung nicht mehr.

Den Softball nahm er nie wieder in die Hände. Das Basketballnetz hing regungslos von der Zimmertür.

Er schloss nach wie vor seine Tür ab, manchmal ließ er sie aber auch offen stehen.

Mit seinem Vater besuchte er ein Baseballspiel der *Titans,* die irgendwo in der zweiten Liga herumkrebsten. Sie fuhren nach Danville. Die Stadt zu wechseln war ein gutes Gefühl. Aber kein außergewöhnlich gutes. Er aß ein Hotdog mit saurer Soße und eine Brezel und trank Bierbrause. Die Brause war rot. Der Mannschaftsdress der *Titans* war orange. Die Hemden waren orange, die Socken und auch das T auf den Kappen. Ein schwarzorangefarbener Streifen zog sich vom Hosengürtel bis hinunter zu den Socken. Der Brustschutz des *catchers* war orange, genau wie die Schnürsenkel des *shortstops.*

Im vierten *inning* gab es einen *homerun,* dann einen

weiteren, längeren. Der Ball flog hoch über die jubelnde Menge und den Zaun mit der Werbung hinweg. Er landete im Schmutz, unerreichbar für den Sprung des *centerfielders,* und rollte weiter bis auf den Parkplatz, ein leuchtendes, pures Weiß auf dem schwarzen Schotter. Plötzlich stürmten Kinder los, eine Horde von Jungen verteilte sich um geparkte Autos, gebückt stießen sie über dem Ball zusammen. Als sie sich voneinander trennten, war eine Hand erhoben.

Im letzten *inning* gab es ein Foul, das Palmer zunächst gar nicht bemerkte. Er sah sich die Poster mit der Werbung an, als die Leute um ihn herum plötzlich von ihren Sitzen aufsprangen und jemand schrie: »Pass auf!« Ein Schatten fiel über ihn. Im Umdrehen hörte er das Geräusch, nur Zentimeter von seinem Gesicht entfernt – eine Art Schlag –, dann Gelächter und die Stimme seines Vaters: »Hab dich!«; da stand sein Vater, über ihn gebeugt, sein Körper blendete Spielfeld und Himmel aus. Dann kam das Licht zurück und jemand sagte: »Seht euch sein Gesicht an«, und sein Vater lächelte und sah zu ihm herab und seine Hände öffneten sich wie eine Blume.

Auf dem Nachhauseweg hielt Palmer den Foulball zwischen seinen Händen. Er bildete sich ein, einen Herzschlag zu spüren.

38

Es war, als könne er in die Zukunft hineinriechen. Der graue, saure Pulverdampf überfiel ihn schon eine ganze Weile vor der Waymer-Woche. Da waren auch Schüsse: das Ploppen der Plastikpistolen von Vier- und Fünfjährigen, die sich darauf vorbereiteten, eines Tages Halsumdreher und Scharfschützen zu sein. Was auch immer ihnen in die Quere kam, verwandelte sich in eine Taube: Grashüpfer, Briefkästen, Kürbisse, ihre Freunde.

Die Sonne stand blendend hell am wolkenlosen Himmel. Man konnte, wenn man barfuß lief, den Gehsteig unter sich brennen fühlen. Nach dem Abendessen bewässerten die Menschen ihre Vorgärten.

Nachts hörte er das Dröhnen der Lastwagen.

Kleine Kinder auf pastellfarbenen Fahrrädern traten eifrig in die Pedale, schlugen die Hitze zu Butter, erzählten keuchend von hölzernen Verschlägen, die sich höher als Wolkenkratzer aufeinander türmten, von aufgebrochenen Kisten, von aufgescheuchten und getöteten Tauben, von postierten Wachleuten.

Auf den Veranden reinigten Männer ihre Gewehre.

Frauen backten Pasteten.

Morgens glaubte er, ein Picken am Ohr verspürt zu haben. Er schlug die Augen auf und sah sich um, aber er war allein.

Anfangs redete Palmer sich ein, Picker einzig und allein zum Besten des Vogels freigelassen zu haben. Dann sah er langsam ein, dass er es auch zu seinem eigenen Besten getan hatte. Er spürte es an der Erleichterung darüber, bei offenem Fenster schlafen zu können, sich nicht mehr vor dem gelben Kater fürchten zu müssen. Die Anspannung, die ihm über Monate hinweg die Luft genommen hatte, war verschwunden.

Der Preis der Freiheit war hoch gewesen: Er hatte sich selbst aus der Bande ausgestoßen, sich selbst als Verräter gebrandmarkt, er hatte sein geliebtes Haustier verbannt. Der für einen solchen Preis erkaufte Frieden hätte etwas Wunderbares sein müssen. Doch wenn Palmer die Hand danach ausstreckte, ihn zu schmecken versuchte, dann war er nicht da. Da war nur sein sturmverwehter Freund – Bilder und Erinnerungen und Träume.

Eines Nachts träumte er von einer Taube, die an einem weit entfernten Ort eine Straße überquerte. Ein Auto schoss vorbei und überfuhr die Taube. Weitere rasende Autos, und schon bald war die Taube ganz flach, Fleisch und Federn. Dann benetzte eine alte Frau die Straße mit Wasser aus einer Gießkanne und das Fleisch wuchs wieder in Form, ebenso die Federn, und die alte Frau nahm die auferstandene Taube in die Hände – nur war es jetzt keine alte Frau mehr, es war ein Junge, ein Halsumdreher, der die Taube beim Hals packte und erdrosselte, und die Taube hatte einen Schnabel, der war so weich wie menschliche Lippen, und sie sprach ... sie sprach ...

Während der Tage und Nächte der Waymer-Woche blieb er dicht bei seinen Eltern. Er ging mit seinem Vater ins

Lachkabinett, mit seiner Mutter fuhr er Kettenkarussell. Mehr als einmal glaubte er, aus dem Gedränge heraus und über den Lärm hinweg Bohnes Stimme zu hören. Er hatte noch nie so viele Kuchen und Pasteten auf einmal gesehen wie am Gebäckstand, es reihten sich mehr davon auf endlos langen Tischen aneinander, als Soldaten zu Hause im Hinterhof begraben lagen. Seine Mutter ließ ihn sich einen Kuchen aussuchen. Er wählte Himbeerstreusel.

Sein Vater redete viel mit ihm während dieser Woche, meistens mit den Händen. Er fuhr Palmer durch die Haare, legte ihm den Arm um die Schulter und zupfte an seinen Hemden und kitzelte ihn und zog ihn an der Hintertasche seiner Jeans rückwärts und streichelte ihm mit den Fingerspitzen sanft den Nacken, während er sich mit Bekannten unterhielt. Jede einzelne Berührung hatte eine andere Bedeutung für Palmer, und doch waren sie alle gleich – eine ungelernte Sprache aus nie gehörten Worten, die einen warmen, aufnahmebereiten Platz in seinem Herzen fanden.

Er konnte sich nicht daran erinnern, wann sein Vater ihn zum letzten Mal »mein Großer« genannt hatte.

In den vergangenen Jahren hatte sein Vater immer an der Schießbude Halt gemacht, wo kleine, gelbe, auf Metallscheiben gemalte Enten gemütlich durchs Wasser paddelten, bis man ihnen genau ins Auge schoss: *pop ping … pop ping …* Dieses Jahr ging er daran vorbei, er sah nicht einmal hin. Palmer versuchte seine Ohren zu verschließen, doch selbst bei seinem Ritt auf dem Pferdekarussell, selbst als er ganz tief den süßen Duft frisch gebackener Donuts einatmete, war es da: *pop ping*.

Am Freitag fuhr er mit dem Fahrrad zum alten Bahnhof. Er hörte sie, bevor er sie sah, ein Geräusch wie von Truthähnen. Unmittelbar vor den Verschlägen machte er Halt. Die aufgetürmten Kisten überragten ihn um Längen, und das gesamte lattenverstärkte, gurrende Gefängnis beanspruchte mehr Platz, als der Bahnhof zu bieten hatte. Im Schatten des alten Fahrkartenhäuschens saß ein Mann und schnitzte an einem Stock.

»Da bleibst du besser nicht allzu lang stehen«, sagte der Mann lachend. »Der Gestank haut einen um.«

Palmer blieb lange, lauschte mit geschlossenen Augen, auf der Suche nach einem Gefühl.

Freitagnacht wurde die Schießbude überfallen und ausgeraubt. Und zu Hause war der goldene Vogel vom Kaminsims verschwunden.

39

Bis er sich tatsächlich dort wiederfand, hatte er nicht geglaubt, wirklich hingehen zu können.

Er war mit einem plötzlichen Ruck aus dem Schlaf gefahren. Er schwitzte. Sein Hals war ausgetrocknet. Seine Träume waren Lärm gewesen, die Schreie Tausender von Vögeln, ein schrilles Heulen, das wie der Tag heraufgedämmert war und schließlich seine eigene Stimme mit sich gerissen hatte.

Die Straße lag noch im Schatten, auf dem Gras im Park schimmerte der Tau. Die ersten Schüsse hörte er, als er über den Spielplatz ging, vorbei an der Rutschbahn, die er einst gemeinsam mit den Jungs herabgeschlittert war. Dem Klang der Schüsse nach zu urteilen – *pop pop* – hätte er angenommen, dass die Schießbude nicht weit war, nur gab es hier keine *Pings*.

Gewehrschüsse gesellten sich zu seiner Erinnerung an sein erstes Erlebnis auf dem Fußballfeld.

Es überraschte ihn, wie groß die versammelte Menschenmenge bereits war. Bis jetzt hatte er nicht gewusst, wie früh man den Tag beginnen musste, wenn man fünftausend Vögel töten oder bei deren Tötung zusehen wollte, bevor die Nacht anbrach.

Irgendjemand drehte sich um, sah ihn und verbeugte sich mit einem graziösen Schwung der Hand. »Hey, sieht aus, als wäre das einer von den Halsumdrehern. Muss verschlafen haben. Macht mal Platz.« Andere drehten sich um, starrten ihn an, lächelten ihm zu. Er rannte los.

Es gab eine Tribüne, genau wie auf einem Feld der *Little League*. Sie war voll. Er stellte sich daneben. Ihm direkt gegenüber stand der Herr der Tauben mit seiner neonhellen, rosafarbenen Baseballkappe und dirigierte die Halsumdreher.

Doppelt so hoch und fast genauso breit wie die Tribüne war das Gebirge aus Kisten, das fünftausend Vögel beherbergte – viertausend und etwas, jetzt, nachdem das

Schießen begonnen hatte. Ein Lastwagen mit Hebebühne beförderte Männer nach oben, zum Gipfel des Berges. Kisten wurden entleert, Gruppen von jeweils fünf Tauben in weiße Holzschachteln umgeladen, von denen jede etwa so groß war wie der Korb auf Dorothys Fahrrad.

Während eine Schachtel auf dem Feld stand, wurden in eine zweite neue Vögel gesteckt. Jede Schachtel war in fünf Kammern unterteilt, jede Kammer beherbergte eine Taube, hatte eine Klappe und einen Seilzug, um sie zu öffnen.

Der Herr der Schachteln trug eine orangefarbene Weste.

Die Schützen standen zur Linken. Die schwarzen, vierteldollargroßen Mündungen ihrer Gewehre waren auf das offene Ende des Felds ausgerichtet. Hier war das Geräusch kein *Pop*. Es war ein *Päng*.

Die wartenden Schützen unterhielten sich und scherzten miteinander, die Gewehre wie Baseballschläger geschultert. Doch sobald einer der Schützen an die weiße Kreidelinie herantrat, wurde er ernst. Sein Gesicht war grimmig, die Augen zusammengekniffen und auf die drei Meter von ihm entfernt aufgestellte weiße Schachtel gerichtet. In diesem Moment glich ein Schütze dem anderen.

Ansonsten gab es Unterschiede. Einige brachten das Gewehr in Anschlag, sobald sie an die Linie getreten waren, und zielten auf die Schachtel, als ginge es an diesem Tag darum, fünftausend weiße Holzschachteln abzuschießen. Andere zeigten sich geduldiger, sie hielten das Gewehr quer vor die Brust wie bei einer Militärparade, bis der erste Vogel freigelassen wurde. Ein paar Schützen standen in Hab-Acht-Stellung, den Gewehrlauf auf den Boden gestützt.

Auch bei den Tauben gab es Unterschiede. Manche trippelten, sobald die Klappe sich öffnete, einfach nach draußen, mit nickendem Kopf, als sei dies alles nicht mehr als ein kleiner Spaziergang auf einem beliebigen Gehsteig. Andere begannen sofort, nach Futter zu suchen und herumzupicken. Wieder andere flogen nach draußen, bis auf eine, die unter allgemeinem Gelächter nur bis auf die Schachtel flatterte. Früher oder später flogen die meisten von ihnen auf.

In Palmers Erinnerung an seinen ersten Taubentag wurden die Vögel vom Himmel geschossen, hoch über den Baumkronen, zwischen den Wolken. Jetzt stellte er überrascht fest, dass dies nicht dem tatsächlichen Ablauf der Dinge entsprach. Tatsächlich erreichten die Tauben kaum die Schulterhöhe der Schützen, bevor ein Kugelhagel sie stoppte. Sie schienen weniger abgeschossen als zu Fall gebracht zu werden. Die Männer hätten sich genauso gut vor der Schachtel aufstellen und sie mit einem Knüppel erschlagen können, sobald sie herauskamen. Selbst die Eleganz eines langen, tödlichen Absturzes blieb den Tauben verwehrt.

Ab und zu weigerte sich ein dickköpfiger Vogel zu fliegen. Er pickte und bummelte herum, umflatterte vielleicht die Schachtel oder trippelte sogar auf die Zuschauer zu, die ihn lachend zurück auf das Feld scheuchten. Doch die Menge hatte wenig Geduld mit solch dickköpfigen Vögeln. Schnell ertönten die ersten Schreie: »Werft ihn hoch!« Dann versuchte der Herr der Schachteln, den Vogel mit einem Keschernetz zu fangen, beförderte ihn in die Luft und lief schnell davon.

Päng.

Wenn es dem Herrn der Schachteln nicht gelang, den Vogel einzufangen, brüllte der Punktrichter »Feuer!« und überließ die Sache damit dem Schützen.

Päng.

Und manchmal töteten die unsichtbaren Kugeln nicht nur den spielverderberisch herumlaufenden Vogel, sondern pusteten ihn auch, wie ein plötzlich aufgekommener Wind, in die Luft, als wollten sie sagen: *Na bitte, du Dickkopf, du kannst ja doch fliegen!*

Aber die Schützen mochten es nicht, auf einen Läufer zu schießen, denn selbst ein getöteter Läufer war weniger wert als ein angeschossener Flieger – für letzteren gab es im Buch des Punktrichters einen Strich. Ein toter Flieger bedeutete zwei Striche, aber ein abgeschossener Läufer brachte dem Schützen nur einen halben ein. Einen Flieger ganz zu verfehlen ließ die Menge unweigerlich in wohlmeinendes Gejohle ausbrechen. Doch der unglücklichste aller Schützen war der, der sogar einen Läufer verfehlte: Ihm standen der Abzug eines Punkts und lebenslängliche Verspottung bevor.

Etwa aus jeder vierten oder fünften Schachtel gelang es einem der Vögel, heil davonzukommen. Dem Schützen entgangen, flog er über die ausgestreckten Arme der

Menge hinweg gen Himmel, drehte ein paar Kreise über dem Feld und war dann verschwunden.

Auf einem Podest neben dem Punktrichter stand ein goldener Vogel, die diesjährige Trophäe für den besten Scharfschützen.

Die Halsumdreher verstanden ihr Handwerk. Wie Läufer vor dem Start kauerten sie zu Füßen des rosa bekappten Herrn der Tauben und zählten bis fünf. Dann hetzten sie zu dritt auf das Feld, einer trug eine neue, gefüllte Schachtel, die beiden anderen sammelten die Tauben ein. Sie drehten den angeschossenen Vögeln den Hals nicht auf dem Feld um, denn das war Zeitvergeudung und der Herr der Tauben hielt eine Stoppuhr in der Hand und zählte laut die Sekunden. Sie rannten zurück, in den Fäusten sowohl die Toten wie die Lebenden. Einige hielten die Vögel beim Hals, andere bei den Füßen. Ein paar Halsumdreher trugen Armbänder.

Das Halsumdrehen fand auf der Seitenlinie statt, die toten Vögel wurden in große, dunkelgrüne Müllsäcke geworfen.

Palmer fiel auf, dass Bohne, Töle und Henry immer als Dreierteam starteten. Sie waren ungefähr alle fünfzehn Minuten an der Reihe. Sie wechselten sich nie mit den Aufgaben ab. Henry trug jedes Mal die Schachteln.

Als die Sonne über den höchsten Bäumen stand, spürte Palmer, wie sich eine Hand um seinen kleinen Finger schloss. Es war Dorothy. »Hast du schon was gegessen?«, sagte sie. »Deine Mutter hat gesagt, du hättest nicht gefrühstückt.«

»Ich hab keinen Hunger«, sagte er.

Sie sahen beide in Richtung des Feldes, auf dem geschossen wurde. Dorothy ließ seinen Finger nicht los. Bei jedem Gewehrschuss spürte er sie zusammenzucken. Jedes Mal, wenn ein Hals umgedreht wurde, umklammerte sie seinen kleinen Finger fester. Er konnte sie atmen hören.

Obwohl er sie seit ihrer Rückkehr aus dem Urlaub vor drei Wochen kaum gesehen hatte, überraschte ihn nicht, dass sie hier und jetzt neben ihm stand.

Über den Morgen und Vormittag hinweg hatte Palmer erleichtert registriert, dass weder Bohne noch Töle ihn weiter beachteten. Manchmal, bei der Verfolgung eines Zapplers, kamen sie bis auf drei Meter an ihn heran, waren aber so vertieft in das Herumrennen und Einsammeln, dass sie ihn gar nicht zu bemerken schienen – bis jetzt. Als Bohne diesmal einen verwundeten Vogel aufhob, der zappelnd im Gras lag, brachte er ihn nicht gleich zum Herrn der Tauben, sondern machte einen Umweg und kam auf Palmer zu. Seine Zähne noch gelber als die Sonne, die Augen wild vor Schadenfreude, hielt er den Vogel erst Palmer, dann Dorothy vors Gesicht und drehte ihm dann, wie er es so oft durchgespielt hatte, den Hals um. Das orangefarbene Auge des Vogels blinzelte.

Dorothys Augen waren geschlossen. Sie machte einen Schritt zurück. »Ich muss jetzt gehen.«

Palmer hielt sie am Arm fest. »Warte.«

Sie sahen einander ins Gesicht, der einzige Ort, an dem ihre Augen Sicherheit fanden. Gelächter und die

Donnerschläge aus doppelläufigen Gewehren vereinten sich mit dem Geruch von Senf und Zwiebeln und Barbecue und Pulverdampf.

Er konnte die Frage nicht länger hinausschieben. »Wo hast du ihn freigelassen?«

»Picker?«, sagte sie, als ob sie das nicht wüsste.

»Ja. Wo?«

»In der Stadt.«

Palmer war verwirrt. »In der Stadt? Ich dachte, ihr wärt an die Küste gefahren.«

Er hatte sich vorgestellt, wie Dorothy auf einer Promenade oder am Strand stand, wie sie Picker in die Luft warf, wie Picker sich über dem Sand aufschwang, über der rauschenden Brandung. Er hatte sich vorgestellt, was für ein gutes Leben eine Taube an der Küste führen konnte.

»Das sind wir auch«, sagte sie.

Sie machte ihm die Sache nicht leicht.

»Aber eben hast du von der Stadt geredet.«

»Wir waren kurz in der Stadt«, – ein Knall, sie zuckte zusammen –, »für einen Tag.«

Er erinnerte sich an seinen zwei Jahre zurückliegenden Besuch der Stadt, daran, wie sehr er sich über die Tauben gefreut hatte, die mit nickenden Köpfen inmitten der Fußgänger über den Gehsteig spazierten. Auch das, fand er, als er jetzt darüber nachdachte, war ein gutes Leben für eine Taube.

Er sagte: »In der Stadt, hm?«

Sie nickte.

»Hast du, irgendwie, hast du ihn hochgehoben und in

die Luft geworfen und dann ist er davongeflogen?« Er wollte ein klares Bild haben, an das er sich erinnern konnte. »Oder hast du ihn auf den Gehsteig gesetzt und er ist mit den Leuten rumgelaufen?«

Sie zuckte unter einem weiteren Schuss zusammen. Sie trat einen Schritt zurück. »Nein, keins von beidem. Ich hab das Autofenster runtergekurbelt und er ist rausgeflogen.«

Das war nicht so, wie Palmer es gern gesehen hätte. »Während der Fahrt? Oder habt ihr angehalten?«

»Angehalten.«

»Mitten im Verkehr? Mitten in der Stadt? Wo?« Immer noch der Versuch, sich ein Bild zu machen.

Noch ein Schuss. Sie zitterte, als wäre Dezember und nicht August. »Am Rangierbahnhof.«

Rangierbahnhof.

Palmer ergriff sie bei beiden Armen und drückte fest zu. »Was?«

Sie wand sich. »Wie, was?«

»Hast du Rangierbahnhof gesagt?«

»Ja. Hör auf.«

Sie machte sich von ihm los und drängte sich durch die Menschen davon. Hinter der Menge fing Palmer sie ab. Er verstellte ihr den Weg.

Sie zog eine Grimasse. »Baust du wieder Stämme?«

»Dorothy« – er kreischte fast – »du hast ihn am *Rangierbahnhof* freigelassen?«

Dorothy warf die Hände in die Luft. »Na und?«

»*Na und?* Zu den *Rangierbahnhöfen* gehen sie, um die

Vögel einzufangen und hierher zu bringen. Warum hast du ihn ausgerechnet *da* freilassen müssen?«

Ein Knall, dem eine zweite Explosion von Geschrei und Gelächter folgte. Irgendetwas Verrücktes war passiert.

Dorothy starrte Palmer erschreckt an. Ihre Lippen zitterten. »*Wir* haben von so was keine Ahnung. Niemand hat *uns* jemals was davon erzählt. In *meiner* Familie bringt keiner Tauben um!« Sie schrie ihn an.

Köpfe wandten sich ihnen zu. Dorothy rannte davon. Diesmal lief Palmer ihr nicht nach.

40

Er weiß, wie es enden wird.

Er sieht es vor sich. Sein Vogel, völlig verängstigt in der erstickenden Dunkelheit der Holzschachtel – sie gleicht einem Sarg –, als plötzlich eine Wand hochklappt und Licht hereinströmt und er die Freiheit vor sich sieht. Er tritt nach draußen, über Gras und über Federn, und denkt: Hey, wo ist das Kinderzimmer? Er macht noch einen Schritt, sieht sich um. Da sind Menschen, überall Menschen, mehr Menschen, als er je zuvor gesehen hat. Aber er fürchtet sich nicht. Die Menschen, die er gekannt hat, der Junge und das Mädchen, waren immer gut zu ihm gewesen. Er betrachtet sie beinahe als Tauben. Er fragt sich, ob sie –

Der Schlag reißt ihn von den Füßen, schleudert ihn zur Seite, wie vor langer Zeit dieser Schneesturm. Sein Flügel schmerzt. Er schleift ihn hinter sich her. Er lässt sich nicht bewegen. Er kann weder aufrecht stehen noch geradeaus laufen. Er versucht aufzufliegen, dringt aber nur ein paar Zentimeter weit in diese graue, saure Wolke ein und fällt flatternd zurück zu Boden. Die Menschen sind laut. Die Menschen lachen und jubeln und pfeifen. Sie sind glücklich. Nie zuvor hat er so viele glückliche Menschen gesehen. Er wackelt ihnen entgegen. Er will bei ihnen sein, bei diesen glücklichen Gesichtern.

Und dann bemerkt er, dass eines der Gesichter anders aussieht, ein Gesicht, das weder lacht noch glücklich ist. Er würde es überall wieder erkennen. Er schleppt sich darauf zu, zieht den Flügel über den federbedeckten Boden, humpelt diesem Gesicht entgegen, als ihn der zweite Schlag trifft –

Er flüsterte. »Picker ... Picker ...«

Am Freitag, am alten Bahnhof, hatte es laut aus den Kisten gegurrt. Hier herrschte Stille. Hätte Palmer es nicht besser gewusst, dann hätte er niemals geglaubt, dass sich hinter den hölzernen Latten Tausende von Tauben befanden.

»Picker ... Picker ...«

Sein Flüstern erfüllte die Kisten. Er stellte sich auf die Zehenspitzen und krabbelte auf Händen und Füßen, lugte in die Streifen aus Dunkelheit zwischen den Holzlatten. Orangefarbene Augen blitzten ihn an. Es bestand keine Hoffnung, an die Kisten ganz oben heranzukommen.

»Picker ...«

Picker war hier. Er wusste es. Irgendwo in diesem Gebirge aus Kisten, das sich über ihm auftürmte.

Es sei denn, er war inzwischen erschossen worden.

»Picker ...«

»Hey, Kleiner –« Ein Mann kam um die Ecke und zeigte auf ihn.

»Ab mit dir. Verschwinde. Du hast hier nichts verloren. Geh zu den anderen.«

Palmer steckte eine Hand so weit wie möglich in einen der Zwischenräume. Er wackelte mit den Fingern und fühlte nichts als Dunkelheit.

Der Mann kam auf ihn zu. »*Sofort,* Kleiner!«

Dem Sommer bleiben noch fast zwei Monate, doch der federnbedeckte Schießplatz hat schon jetzt das Aussehen eines grauen, irrsinnigen Herbstes.

Ein Mann mit einem hölzernen Rechen kehrt Geschosshülsen zu kleinen Haufen zusammen.

Der Hügel aus grünen Plastiksäcken überragt jetzt die neonhelle, rosafarbene Kappe des Herrn der Tauben. Manchmal drückt sich das Plastik unter einer Bewegung nach außen.

Es stehen nie mehr als sieben oder acht Schützen gleichzeitig an, dennoch nimmt die Reihe kein Ende. Die goldene Taube zwinkert nicht, blinzelt nicht.

Menschen zeigen mit Hotdogs auf verwundete, herumirrende Vögel, rufen den Halsumdrehern zu: »Da! Da!«

Der Herr der Schachteln macht einen Fehler. Er lässt zwei Luken zugleich aufklappen. Ein Taubenpaar fliegt heraus – päng – und wird mit einem einzigen Schuss aus der Luft gerissen. Ein Doppeltreffer! Ein seltener Einstand! Vier Punkte! Die Menge rast.

Die lautesten Begeisterungsschreie gelten einer gelben Katze, die über das Feld huscht, sich einen verwundeten Vogel schnappt und damit zwischen den Bäumen verschwindet.

Pulverdampf und nachmittägliches Sonnenlicht.

Jemand wirft eine Frisbee-Scheibe über das Feld. Der Schütze, der gerade an der Reihe ist, feuert. Die Scheibe schlingert und stürzt zu Boden. Ein Halsumdreher stürmt los, packt sich die Scheibe und tut, als breche er ihr das Genick. Der Herr der Tauben lacht. Die Menge schreit. Der Punktrichter behält ein ernstes Gesicht und disqualifiziert den Schützen.

Menschen kommen und gehen, die Menge setzt sich neu zusammen, aber ihre Form verliert sie nicht.

Nur Palmer bleibt, jede einzelne Minute.

Sonnenrauch.

Palmer verfluchte das gleichartige Aussehen der Tauben. Ein paar von ihnen hatten schwarze Federn – schwarze Kreide – und wenn sie auf dem Boden oder in der Luft explodierten, dankte Palmer ihnen dafür, so offensichtlich nicht Picker zu sein.

Aber drei oder vier der aus den Schachteln stolzierenden Vögel sahen jedes Mal genauso aus: grau wie Pulverdampf. Picker trug keine besondere Markierung, und Palmer hatte nie daran gedacht, seinem Vogel einen Ring ums Bein zu legen, denn auch ohne ein Buch darüber zu lesen wusste er, dass es nicht die Taube, sondern sozusagen der Junge ist, der den Ring trägt, weil ein Junge sich vielleicht verirren mag, aber eine Taube nie.

Weil er nicht wusste, welcher der grauen Vögel Picker war, glaubte Palmer, Picker in jedem von ihnen zu erkennen. Wieder und immer wieder, tausendmal, war er sich sicher zu sehen, wie Picker abgeschossen wurde. Tausendmal fühlte er den Einschlag der Kugel. Tausendmal sah er, wie Picker der Hals umgedreht wurde.

Manchmal schwang sich eine Taube in die Luft und verharrte dort, die Federn unberührt, verharrte dort nicht nur, sondern schraubte sich höher und höher in die graue Wolke, dann darüber hinweg, über die Wipfel der Bäume, in den Himmel hinein. Ein Wunder! Während der Vogel einen weiten Kreis über dem Feld drehte, feierte Palmer leise sein Entkommen, hob und senkte die Schultern, um die wunderbaren, unverletzten Schwingen in ihrer Arbeit zu unterstützen. Um ihn herum schüttelten Menschen drohend die Fäuste in den Himmel und stießen wilde Flüche aus. Andere jubelten dem Vogel nach, prosteten ihm mit hoch erhobenen Sodaflaschen zu. Und wieder andere verspotteten den nicht besonders treffsicheren Scharfschützen.

Irgendwann flog jeder der Wundervögel aus dem

Blickfeld, und jedes Mal flüsterte Palmer: »Mach, dass es Picker ist.« Dann folgte der nächste Schuss. Dann sah er Halsumdreher durch das Federgestöber hetzen. Sah die gefüllten Plastiksäcke, nur wenige Meter entfernt, voll gestopft mit Taubenleichen, und für einen unaussprechlichen Moment war er dort drinnen, inmitten dieser stinkenden Ausbeute aus gebrochenen Hälsen und orangeroten, toten Knopfaugen, und dann wusste er, dass sein Vogel darunter war. Dünger.

Palmer dachte keine Minute daran, dass er den ganzen Tag über noch keinen Bissen gegessen hatte, bis plötzlich ein kleiner strubbelhaariger Junge mit einem Becher Brombeereis neben ihm stand. Der kleine Junge imitierte jeden Gewehrschuss, indem er einen purpurfarbenen Finger ausstreckte und »Poff! Poff!« rief.

Als wieder eine leere weiße Schachtel durch eine volle ersetzt wurde, sah der kleine Junge zu Palmer auf und sagte: »Bist du ein Halsumdreher?«

»Seh ich so aus?«, gab Palmer zurück, der seine Ruhe haben wollte und diesen Knirps schon jetzt nicht leiden konnte.

Palmers Sarkasmus berührte den Kleinen nicht. »Wie alt bist du?«, sagte er.

»Fünfundzwanzig«, sagte Palmer.

Der dumme Knirps starrte Palmer weiter an, während er an seinem Eis schleckte. »Ich bin sieben.«

»Hurra.«

»In drei Jahren –«, er hob drei purpurfarbene Finger in die Höhe, »– bin ich zehn, und dann –«

Päng

Der erste Vogel trat aus der frisch aufgefüllten weißen Schachtel, der nächste Schütze war an der Reihe.

Der kleine Junge drehte sich um und streckte den Zeigefinger aus. »Poff, poff!« Und quasselte weiter auf Palmer ein. »Und dann werd ich auch –«

Päng

»Poff! – Halsumdreher sein. Dann dreh ich ihnen die –« Er versuchte vorzumachen, was er tun würde, und beschmierte dabei sein Handgelenk mit purpurnem Matsch.

Päng

»Poff! Poff! Ich dreh mehr Hälse um als alle anderen. Ich werde –«

Päng

»Poff! Ich werde –«

Palmer hörte dem quasselnden Kind nicht mehr zu. Er sah auf. Die zweite Taube, die soeben die Schachtel verlassen hatte, war wieder eine von denen, die wie Picker aussahen. Sie war ein paar Schritte nach vorn getrippelt, hatte nach etwas auf dem Boden gepickt – das perfekte Ziel. Unglaublich, aber der Schütze hatte sie verfehlt. Die Taube war aufgeflogen und hing jetzt schon höher im Himmel als die Nachmittagssonne. Noch eine von wenigen, ein Wundervogel.

Eine Hand schützend gegen die Sonne erhoben, beobachtete Palmer, wie der Vogel es seinen Vorgängern gleichtat und das Feld umkreiste. Die Schultermuskeln spannten und entspannten sich, folgten dem Rhythmus der Schwingen, verliehen ihm Geschwindigkeit. Jetzt drehte er seine vierte Runde. Und noch eine. Er flog nicht davon. Er flog einfach im Kreis, immer im Kreis. Tatsächlich, unglaublicherweise, *schien er näher zu kommen.*

Es war Picker.

Palmer wusste es einfach, ganz plötzlich.

Und genauso plötzlich traf ihn das Entsetzen angesichts dessen, was Picker dort tat. Denn falls sein Vogel wirklich nach ihm suchte – falls er ihn entdeckte –

Palmers eigenes einfältiges, gedankenloses, in den Himmel gerichtetes Gesicht war nicht mehr als der Köder, der seine Taube einem zweiten möglichen Abschuss entgegenlockte. Diesmal würde der Schütze sie nicht verfehlen.

Palmer schlug sich die Hände vors Gesicht. *Nein,* betete er, *nein nein nein …*

Zu spät.

Als die Taube aus dem Kreis ausscherte und ihren langen Abwärtsflug antrat, deutete der kleine Junge neben Palmer in den Himmel und rief laut: »Guckt mal! Sie kommt zurück! Sie kommt zurück!«

Palmer schlug dem Knirps das Eis aus der Hand, aber die ersten Leute hatten den Blick schon erhoben. Finger wurden ausgestreckt, noch mehr Gesichter schauten nach oben. Der Schütze, der schon im Davongehen begriffen war, blieb stehen und drehte sich um. Mit einer Hand griff er in die Seitentasche seiner Weste. Der einzige Laut kam von dem aufgeregt brüllenden, purpurverschmierten Kind.

Jetzt löste Palmer sich aus der Menge, trat ins Freie, auf das offene Feld, damit er besser gesehen wurde und weil er wusste, dass es kein Zurück mehr gab. Abwärts segelte der Vogel, schlug einen weiten Zirkel durch den Nebel, Grau im fallenden Flug durch Grau, glitt nach unten, eine sommerliche Schlittenfahrt über einen Abhang aus Sonnenrauch.

Und landete auf Palmers Kopf.

Das war der Moment, der selbst das brüllende Kind zum Schweigen brachte. Seine weit aufgerissenen Augen waren, wie eine ganze Stadt voller weiterer Augen, auf einen Punkt dicht über Palmers Stirn gerichtet. Pickers Zehen krallten und bewegten sich über seine Kopfhaut, und für einen seltsamen, wundervollen Moment fühlte er sich gekrönt. Der Schütze schob zwei Patronen in die Kammern seiner doppelläufigen Flinte. Und plötzlich erschien Bohne aus dem Nichts, schlug nach Palmers Kopf, noch während Picker gurrte, und fegte die Taube zu Boden. Bevor Palmer reagieren konnte, hatte Bohne den Vogel schon ergriffen und eilte damit in die Mitte des Felds. Er hob den Vogel über seinen Kopf und stieß einen langen, alles zerreißenden Triumphschrei aus. Dann stolperte er auf den Schützen zu, der mit unbewegtem Gesicht vor der Kreidelinie stand, das Gewehr an der Schulter. Bohne hielt den Vogel bei den Flügeln, er schüttelte ihn vor dem Gesicht des Schützen. »Der gehört Ihnen! Er ist zurückgekommen! Machen Sie ihn tot! Machen Sie ihn tot!« Er schleuderte den Vogel zu Boden und rannte in Deckung.

Auch Palmer rannte. Er sah, wie der Schütze das Gewehr in Anschlag brachte. Sein Schrei – »Nein!« – riss ein Loch in die Wolke aus Pulverdampf. Er stürmte durch das Gestöber aus Federn, das hier, zwischen dem Schützen und der weißen Schachtel, am tiefsten war, tief wie Herbstlaub. Er machte einen Hechtsprung, landete, schlitterte durch das weiche Grau in seinen humpelnden Vogel. Er zog ihn an sich, krümmte sich schützend um seinen witzigen, vielstimmigen, achtzehigen Freund, der eines Tages von einem anderen, helleren Sturm in sein Leben geweht worden war. Er schloss die Augen und vergrub sein Gesicht in dem Bett aus Federn und wartete auf den Schuss. Auf das *Päng.*

Er wartete.

Und wartete.

Und hörte nur Stille.

Vorsichtig hob er den Kopf und sah sich um. Da stand der Herr der Tauben, einen Arm ausgestreckt, hinter ihm, mit weit aufgerissenen Mündern, die Halsumdreher. Die andere Hand des Herrn der Tauben hielt Bohne beim Hemdkragen fest.

Der Schütze hatte sein Gewehr abgesetzt.

Palmer stand auf, ohne die blutigen Federn zu beachten, die sein Gesicht verklebten. Er drückte Picker an sich.

Wie er dort stand, bis zu den Knöcheln in Federn, empfand Palmer einen Frieden, eine Leichtigkeit, die er nie zuvor gekannt hatte. Als wären Gurte gerissen, die ihn festgehalten hatten. Er hatte das Gefühl zu schweben. Für einen Augenblick, als seine Fingerspitzen das Jagen von Pickers eichelgroßem Herz ertasteten, glaubte er tatsächlich fliegen zu können. Durch ein Taubenauge sah er auf das Feld hinab, auf Tausende nach oben gewandte Gesichter, und er sah keinen Grund zur Furcht.

Also streckte er die Arme aus, hielt seine Taube den Menschen entgegen, drehte sich langsam im Kreis, damit alle es sahen, damit alle es wussten.

Jemand pfiff.

Jemand schrie »Päng!« und Gelächter setzte ein.

Ein paar Leute buhten.

Die Taube fest und sicher zwischen beiden Händen, verließ Palmer das Feld. Die Menge wich gerade genügend weit auseinander, um ihm Platz zum Hindurchgehen zu schaffen. Er fühlte die kalten Blicke der Menschen, er roch den Geruch nach Senf auf ihrem Atem. Eine Hand streckte sich ihm entgegen. Er zuckte zusammen. Es war eine kleine Hand, die Hand eines Kindes, sie streichelte Pickers Flügel. Eine Stimme flüsterte. »Gut für dich, Junge.«

WAYMER – Das am Sonntag veranstaltete Schießen, der alljährlich begangene Taubentag, war nach Auskunft der Veranstalter ein rauschender Erfolg. Mehr als 300 Scharfschützen – »nicht alle besonders scharfsichtig«, wie von offizieller Seite gewitzelt wurde – hielten ihre Gewehre parat, als an die 5000 Tauben auf dem Fußballfeld des Memorial Park freigelassen wurden.

Der Erlös der Veranstaltung, ergänzt durch die Einnahmen aus dem eine Woche währenden Volksfest, betrug $ 34000 und dient der Gemeinde zur Deckung der laufenden Ausgaben für den Park.

Bei der diesjährigen Veranstaltung kam es zu einem unvorhergesehenen Zwischenfall. Am späten Nachmittag stürmte ein namentlich nicht bekannter Junge auf das Schussfeld, um sich einer angeschossenen Taube anzunehmen. Das Schießen wurde sofort eingestellt und dem tollkühnen kleinen Kerl, der möglicherweise auf der Suche nach einem ungewöhnlichen Spielkameraden war, wurde erlaubt das Gelände zu verlassen.

Mit Sicherheit war diese Taube nicht Zielscheibe für Howard Eckert gewesen, den 36-jährigen Milchmann aus Harmony Farms, der dieses Jahr die Trophäe für den besten Scharfschützen nach Hause tragen durfte.

»Eine Tontaube kann jeder treffen«, sagte Eckert. »Aber bei diesen Herzchen hier weißt du vorher nie genau, in welche Richtung sie …«

Jerry Spinelli, 1941 geboren, ist in seinem Heimatland USA ein berühmter Autor von Jugendbüchern und Romanen für junge Erwachsene. Schon zwei seiner engagierten Jugendbücher standen auf der Ehrenliste der *Newbery Medal,* 1998 der hier vorliegende Roman »Taubenjagd«. Dies ist das erste Buch des Autors in deutscher Sprache, weitere sollen folgen.

Anton Quintana

WANDERNDE HÜGEL, SINGENDER SAND

Das Buch von Bod Pa

»Dass wir glücklich sein wollen«, sagte Bod Pa, »ist nicht so erstaunlich, wohl aber, dass wir uns einbilden zu wissen, wie wir es werden können.«
Eine typische Aussage von Bod Pa – so rätselhaft und widersprüchlich wie der gnomenhafte blinde Schamane selbst. Dem Mongolenjungen Perregrin erscheint dieser Spruch völlig unverständlich – für ihn liegt deutlich auf der Hand, was Glück bedeutet: Endlich wieder ein heiles Bein zu haben. Schließlich ist Bod Pa doch deswegen von weit aus dem Norden gekommen. Aber Bod Pa ist kein Heiler wie irgendein anderer: Unermüdlich stellt er alles in Frage, weigert sich jedoch Antworten zu geben. Ein langer Weg liegt vor dem Jungen und Bod Pa, auf dem sie lernen einander zu vertrauen.

AUSGEZEICHNET MIT:
Libris Wouterje Pieterse Prize (Niederländischer Kritikerpreis)
Gouden Uil (Belgischer Kinderbuchpreis)

»Quintana führt weit hinaus über das vordergründige Abenteuer, zwingt den jungen Leser zu einer geistigen Auseinandersetzung ...«
Süddeutsche Zeitung

DRESSLER